U0107014

城市傷痕：

港漂眼中的香港

修例風波

一川（著）

責任編輯　姜施構

書籍設計　金小曼

書名　城市傷痕：港漂眼中的香港修例風波

作者　一川

出版　利文出版社

香港北角英皇道 499 號北角工業大廈 20 樓
Lee Man Publication
20/F., North Point Industrial Building,
499 King's Road, North Point, Hong Kong

發行　香港聯合書刊物流有限公司

香港新界大埔汀麗路 36 號 3 字樓

印刷　美雅印刷製本有限公司

香港九龍觀塘榮業街 6 號 4 樓 A 室

版次　2020 年 4 月香港第一版第一次印刷

規格　32 開（130 × 190 mm）136 面

國際書號　ISBN 978-962-988-145-0

© 2020 Lee Man Publication

Published & Printed in HongKong

2019 年 6 月以來的這場風波，

席捲了整個社會，

每一個香港人都能真真切切地感受到它的包圍，

混亂使人壓抑得幾乎要透不過氣來，

破壞，修復，再混亂，再破壞，再修復⋯⋯

城市的傷痕每一天都在增加。

唯有用筆記下你，我，他／她的故事，

多年以後回頭看，

或許可以用彼時的目光看清此刻的自己。

說　明

本書的內容取材自筆者的親身經歷以及媒體報導，內容由筆者整理創作而成，
書中人物、地點等均採用化名。

目錄

寫字樓裡的陳 Sir 和關 Sir

背景資料 2019 年 6 月 9 日，香港"民間人權陣線"（民陣）發起反對《逃犯條例》修訂草案遊行，號稱有 103 萬人上街；當晚，政府宣佈立法會將如期進行修例二讀。於是，6 月 10 日，"民陣"協同眾民主派議員宣佈將於 6 月 12 日二讀期間"包圍立法會"；同時民間發起"612 全港自主罷工罷課"的串聯行動，之後亦陸續有類似活動展開。

　　"政府究竟在做什麼？！既不出來發聲，亦不出來解釋，也沒有進一步的措施出台，難道要一直這樣下去？！"

　　一大早，關 Sir 的房間就傳出大聲拍枱的響動，雖然還早，返工的同事不多，但還是有同事注意到了響動。

　　關 Sir 的公司是做對外諮詢服務的，所以他對經濟波動特別敏感。眼見著經濟數據陸續出台，場面慘不忍睹，引致一片哀鴻，他的心情自然沒辦法好起來。

「究竟回應不回應，至少有個說法吧，不能總這樣拖著，越拖越壞！市場的預期只能更糟糕！」

「你冷靜一點，你在這裡怒氣衝天的也不能解決問題啊。」

坐在一旁的陳 Sir 開口，他們是一起合夥的老同學，一路走來，白手闖出自己一片天下，也算是到了事業平穩發展的階段。本來年初大灣區的規劃令前景一片向好，政府也配合出台了不少政策，市場反應很積極，公司賬面上的數字比去年又進了一大步，兩位也一起規劃著，準備好好開拓一番。哪知沒有幾個月，突然來了個「反修例」遊行，把一切都打亂了。

「你也知道我們的官員，向來奉行那一套『小政府，大市場』的說詞，最好什麼都不做或盡量少做，讓市場自行調節。可是這一套連美國都行不通了，政府的干預在幾次經濟危機之後更是越來越多；歐洲更不用講，政府的干預度可說是面面俱到——本來就該這樣啊，單單指望市場就會導致現在這幅樣子，貧富差距越來越大，民怨沸騰。為甚麼這麼多年政府都不汲取教訓，只是在原地踏步呢？」

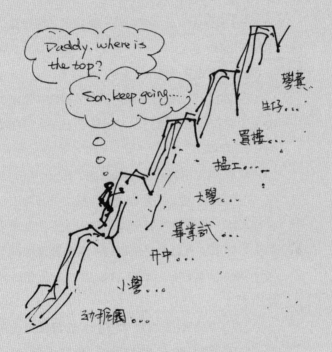

開始兩個人也沒有把遊行放在心上，香港大大小小的事情都會遊行，這也是傳統，看得多了。不過陳 Sir 一直有關心新聞，看到修例過程，也看到部分反對聲音。之後政府一路修改又推出幾版修改稿，直到 6 月中旬，事態突然急轉直下，之後便更加一發不可收拾了。

　　"今天有幾個請了病假的，應該是去響應罷工了，我估計。"

　　陳 sir 提醒道。

　　"還罷工？！我看是太閒！今天開始工作量上調，手頭工作限當日完成，次日早上向上一級彙報，不得拖延！"

　　陳 sir 的話把關 sir 的火頭又燒了起來：

　　"我是不明白這些年輕人，有份工做有糧出，已經幾好，我們當初哪個不是這樣一步步捱過來的，有什麼不滿意也要做事啊，踏踏實實地做，事情總會越來越好，你不做事只上街哪來的好處？！"

　　"現在的年輕人想法不同了，他們沒有捱過苦，自然要求的更多。吃好穿好對他們來講已經沒有吸引力，他們要發聲，要做代言人，要自己組隊伍自己話事。"

陳 sir 的脾氣和關 sir 不同，比較溫和穩重，這也是兩人多年來可以搭到一起的原因。

"那你告訴我，他們想要什麼？他們真以為普選就天下太平？全世界普選的地方多著呢，又有幾個是太平的？或者以為亂世可以出英雄？就算想做英雄，也要提出來一個真切實際的主張啊，又在哪裡？只一味地破壞、一味地反對是沒有任何意義的。"

關 sir 發洩了一陣，又嘆了口氣，繼續說道：

"不過說起這一代也是可憐，中文基礎不好，英文也半桶水；自己國家的歷史不曉得，對國外的歷史就更加糊塗；政治只學到點皮毛，又被外媒拉去當唱客；捱學分捱功課，捱到畢業文憑，卻發現文憑已經不堪用；畢業之後的薪水同我們當年差不多，物價卻分分鐘漲了幾十倍 —— 單單這樣想，已經好無望。"

說到這裡，兩人互望了一下，都沉默了下來。

窗外的高架路已經塞滿了車，路上返工的行人個個低著頭行色匆匆。又是新一天的開始，日子怎樣也還要繼續。

歷史課上的 "連儂牆"

背景資料 "連儂牆"於 2019 年 6 月 12 日反對《逃犯條例》修訂草案示威期間出現於金鐘政府總部外，並延伸至中信橋和夏愨花園平台通道。其後，各區市民亦在多區發起重建 "連儂牆"行動，令各區市民可以留言。其中港鐵大埔墟站附近行人隧道的 "連儂牆"更是貼滿了彩色便利貼，被稱為 "連儂隧道"。

教授今日有些不同，上堂前，他在講台後的牆上貼了一幅照片的放大圖：一部長長的牆面上滿是塗鴉，一層蓋著一層，無數的顏色縱橫交錯，讓人看不清楚。

"今天，我們來講講'連儂牆'。"

教授一開口，台下便騷動起來，大家似乎都很興奮和期待。

"誰知道為什麼叫'連儂牆'？這個詞最近很流行，媒體上都在講它 ——"

學生們安靜下來，等待教授繼續。

"'連儂牆'是由英文 Lennon Wall 音譯過來的，原本是布拉格的一面牆；上世紀八十年代末，開始有人在牆上塗鴉，並以此來表達願望和訴求，之後越來越多，漸漸有了名氣。就是我身後這幅照片裡的牆了——"

　　"為什麼叫它 Lennon Wall 呢？"

　　"John Lennon 大家都知道吧，Beatles 樂隊的靈魂人物，他因為主張用'和平非暴力'的方式來表達政治訴求而出名。要知道，六十年代末的歐洲，可不像今天這麼平靜，當然了，今天有時候也不太平靜，但那個時候是學運風起雲湧的時代，年輕人常常走上街頭示威遊行，後來席捲到亞洲乃至大西洋對岸的美洲。不過好多運動後來都演變為暴力示威，而且越演越烈，導致政府開始大規模鎮壓。"

　　"Lennon 是不贊成暴力的，他認為暴力會轉移公眾的注意力，將重點放在暴力而不是訴求本身，會逐漸喪失初衷。而且暴力也會讓一些原本支持的人走向反對——他的這些想法是很有道理的。"

　　"為此，Lennon 還創作了幾首歌，希望年輕人不要訴諸暴力，比如這首 *Give Peace A Chance* ——"

　　音樂響起來，傳來 Lennon 不乏磁性卻又帶著一絲柔美的嗓音：

"Everybody's talking about

Bagism, Shagism, Dragism, Madism, Ragism, Tagism

This-ism, that-ism, is-m, is-m, is-m

All we are saying is give peace a chance

All we are saying is give peace a chance."

"所以八十年代捷克的年輕人為了紀念 Lennon，也延續他'和平非暴力'抗爭的政治主張，就把這面塗鴉牆命名為 Lennon Wall。"

"大家以後再見到'連儂牆'的時候，要想一想它是怎樣來的，為了紀念什麼。比如昨天看新聞，不同意見的人為了牆上的內容起了爭執和衝突，這就違背了'連儂牆'的本意。"

"'連儂牆'是希望大家和平地表達訴求，你可以表達你的，我也可以表達我的，所以你看我身後的這幅畫這麼多彩 —— 這個世界本來就應該存在很多聲音。"

"最後我們來聽聽 Lennon 的另外一首歌 *All You Need Is Love* ——

"Nothing you can make that can't be made

No one you can save that can't be saved

ALL YOU NEED IS LOVE

Nothing you can do, but you can learn how to be you in time

It's easy

All you need is love

All you need is love

All you need is love, love

Love is all you need."

"香港是我們的家，每一個在這裡的人都是我們的家人；對家人我們要多一點寬容，多一點理解。"

"今天就到這裡吧，下課！"

學生們有些安靜，似乎還在回味那首歌。

今天的他們，似乎沒有要急著離開的意思。

關於媒體的辯論

背景資料 "反修例"風波以來，各大網絡平台和新媒體成為活動組織、發佈、宣傳、聯絡的陣地，每個人都可以成為 KOL（意見領袖）。《時代雜誌》於 7 月評論，這次示威屬於一場"無人領導的運動"，由個人利用網絡與社會進行連接，匿名而快速地互通信息、組織活動。

揚子和阿才，一個來自內地，一個在香港本土出生長大，在港大同窗的三年時光讓兩人成了那種無話不說的好兄弟。

大學畢業後，兩人雖然走上了不同的職業道路，但每次再見面，還是會像以前一樣，幾杯啤酒之後就開始互吹互擂 —— 是真的關心彼此，頗為難得。

這個夏天，兄弟的見面常常會演變成辯論，比如 7 月的某一晚，兩人展開了關於媒體的討論：在本次風波中各大媒體平台、網絡論壇成了本地年輕

城市傷痕：港漂眼中的香港修例風波

人最常用的聯繫方式，很多人在社交平台發表懶人包、自製短片、微電影等進行宣傳，用現時年輕人樂見的方式，吸引了大批粉絲和跟隨者。

揚子對此非常不以為然：

"很多論壇和新媒體充斥著大量的失實報道，僅僅截取一半的畫面造成誤解、完全不顧背景和前因後果的解讀、斷章取義、無事生非等等。總而言之，對示威者是無底線的同情，對政府和警察則是無底線的苛責。"

阿才回應道：

"也不能一概而論，也還是有被主流媒體漏掉的點值得關注。"

阿才以前就常常逛這些媒體平台，常會收穫一些最新的玩樂熱點或者電子產品的消息。可是這兩個月，就根本顧不得這些了，鋪天蓋地的消息全是在號召遊行示威，或是鼓動衝突升級，有時候不同意見的罵戰也常常有。最近帖子的情緒越來越激動，阿才有時候看了都覺得太過誇張，但是大家的熱烈討論又令其彷彿確有其事的樣子。

"所以我覺得一些不負責任的媒體做了這次事件的背後推手，他們至少需要負上一半的責任。一些不明真相的、沒去現場的人，就這麼被 '信息綁架'了！"

揚子繼續表達著不滿，他確實這麼認為：部分媒體在為這次事件推波助瀾上起了太壞的作用，顛倒黑白也是常常有的。

"可是你想過這個問題沒有 —— 為什麼很多年輕人喜歡看它們？為什麼他們總覺得這些比官方媒體可靠？為什麼他們會對官媒的報道選擇性失明？"

阿才反問了一句，其實這也是他想搞清楚的。他自己倒是什麼媒體都會看看，可是身邊不少朋友是只看論壇、只信論壇的。

"因為這些媒體喜歡使用煽動性蠱惑性的語言，比主流媒體的客觀報道看著更過癮，更讓人亢奮唄！不要對年輕大眾的分析力有太多的信心，很多人看媒體就只是看熱鬧的標題而已，還有很多是跟風蹭熱度。"揚子說道。

"再者，你想想，如果有人從小就被一類觀點灌輸，日日如此，自然更容易相信來自類似頻道的聲音。打個比方，這就像我們吃著粵菜長大，也許偶爾嚐嚐牛扒還能接受，可要天天吃，還是忍不住想要回到習慣的味道，因為味蕾已經有了依賴性。這種依賴性，和某些人對某些聲音沒有思辨力和反抗力是一個道理。"

揚子的比喻把阿才逗樂了，

"別說，後來我在外讀碩士那一年真是有深刻的感受啊，想吃碗正宗的雲吞麵都沒有，只好自己買來做——不堪回首啊！所以我呆了一年就跑回來了，堅決要和我的雲吞麵在一起！"

阿才回想著那些思念家鄉味道的日子，很是感慨，也更明白了揚子的意思。

"不過，你只說到了一個點，另外一個點是這些人在論壇上找到了和自己有類似認知的同伴，感覺自己的想法不再孤單，可以在網絡上大聲宣泄出來。這些媒體其實和一些實體組織沒用什麼不同，團結一部分人，但也排斥另外一部分人。所以在論壇上，你的觀點如果和他們不同，是會被圍攻的。"

"因此它稱不上負責任的大眾媒體啊！"

揚子認為作為大眾媒體是要有社會責任感的，可以有立場，但不可以歪曲事實。有些媒體，不單單發佈罔顧事實曲解真相的消息，還用情緒綁架大眾，給予錯誤引導，這是違背大眾媒體的基本職業道德的。

"但是不得不承認，這次示威團隊的文宣做的非常到位，緊緊抓住了年輕人的心理，運用年輕人喜聞樂見的方式，比如公共場合的 AirDrop，地鐵口的快閃演講，或者 IG 的活動海報，等等。應該有不少行內高手出謀劃策。"

講到文宣的手法，揚子倒是覺得他們的定位很準確。

"前一陣子有一部紀錄片 *The Great Hack*，這個例子真是把網絡社交平台的危險講了個透徹：一間英國公司如何分析和利用網絡平台上的個人數據，改變部分相對中立選民的想法，從而影響美國大選和英國脫歐公投！ 我覺得假如真是這樣，現在人人都在網上，如果消息的來源不受控制，個人的信息不受保護，那麼被誰利用，進而做些什麼，就真的不可想像。我看過之後也是很震驚，再想想之前那些媒體大亨在採訪時信誓旦旦的保證，也真是諷刺。"

揚子繼續說著，他建議阿才去看一看這部紀錄片。

"所以你贊成媒體管控？如果這樣，就把本來屬於個人的選擇權交給了政府或者其他機構，相當於你變相放棄了自己的這部分權利。你不覺得這樣也是有問題的？至少違背了我們在學校討論過的很多社會運作的基本原則。"

阿才雖然反感部分偏頗的報道，但對於媒體監控，還是持謹慎和保留的態度。比起瘋狂但自由的言論，他認為，媒體管控的做法更加瘋狂。

　　"至少要做到不被惡意利用啊，這個我覺得是十分必要的。既然擁有'無冕之王'的權利，那麼也應該盡到這份責任。比如這次修例風波中，很多媒體完全卸下了職業道德的盔甲，只肯做謠言小報的角色，更是將 report 和 paparazzi 混為一談！還有若干人假冒記者，在新聞發佈會興風作浪，唯恐天下不夠亂。"

　　"如果媒體人不能擔負起這份重任，那麼就不應擁有這份權利。"

　　揚子覺得任何事情都要有個邊界和約束，對媒體，對個人，對社會，都是如此。

　　"沒有約束的社會、組織、個人，再打個比喻，就像肆意生長的野草，生命力越旺盛，對周邊的破壞就越大，反過來等於是剝奪了其他人應有的權利。言論自由是講述真實的自由，言論自由絕不是編造謊言的自由！"

　　"你還記不記得我們在大學裡的那場'自由'之辯？當時我們的論點可是'以不侵犯他人的自由為準則才是真自由'，而且咱們大獲全勝！"

說起這個，揚子差一點又要滔滔不絕起來，彷彿一切都回到了那些青蔥歲月。要不是阿才及時阻止，這個話題可以聊到天光。不過揚子的話也給了阿才很多思考，他需要回去靜靜的想一想。

　　爭論歸爭論，兄弟倆的默契總歸在，"不醉不歸"才是當晚的主題。

上街的阿爸和反對的阿媽

背景資料　2019 年 6 月開始的"反修例"示威活動中，很多家庭因為不同的政見出現了分裂。父子反目，母女不合，兄弟對吵等情況屢見不鮮，社會因為這次大規模的運動變得更加撕裂。

"老婆，我上街去了，今晚不返來食飯。"

老馬在這個夏天的週末，多了一個新去處 —— 和朋友一起上街遊行，支持一幫年輕人。

"又去？有完沒完？家裡的水喉還沒修呢。週末不做，下週又沒得用。"

老馬的老婆皺著眉頭抱怨道。

"阿仔！同我一齊？"

老馬對住十五歲的大仔吼了一聲。

"唔准！"

老婆的呵斥聲音更大。

"現在太危險了，看看電視上，什麼都拿出來了，亂得很，阿仔同細女都不准去！你爹地腦筋不

城市傷痕：港漂眼中的香港修例風波

清楚，隨他去吧！」

　　老婆的火氣很大。也難怪，自從 6 月份開始，老馬就週週上街，害得她在家裡也坐立不安，生怕有什麼意外。看著新聞畫面裡，每次衝突中都不斷有人受傷。可是老馬鐵了心一定要去，還有他的那幾個朋友也是，真叫人生氣。

　　「你要去我攔不住，但是不要拉上仔女，想都不要想！」

　　「我不要去，今晚朋友過來屋企玩。」

　　細女是乖乖女，平時也很少出街，老婆比較放心她的。

　　「我想去，媽咪。我身邊好多同學都去，他們有群組討論行動和方案；我不去，他們會覺得我不支持他們，唔同我 friend。」

　　大仔雖然不是什麼積極分子，但是他很希望融入大家，不希望「落單」。

　　「阿仔，記住媽咪一句話，真正的朋友不會因為理念、想法不同就離開你；如果他們離開了，那就不是真的朋友。明唔明？」

　　媽咪覺得要同阿仔講清楚一些道理，讓他明白，有不同意見是好正常的一件事。大家對事情的看法會受好多原因影響，比如家庭背景、文化程度、理解能力、信息來源等等。不要嘗試強迫別人接受自己的想法，同樣的，也不應接受別人強加給你的想法。

"你要學會自己去搞清楚一件事，然後有自己的看法。阿仔，你已經是大個仔了，好多時候大家都在講的不一定是事實，事實只有自己去搵，沒有人可以完整地話你知。老師不能，爹地媽咪有時候也做不到。"

"不如今晚阿仔自己去搵多些，試下搞清楚這件事情的來龍去脈，想想其中的原因，想想同學同你講的是不是一定對？之後再話我知你自己的想法，好不好？"

阿仔覺得媽咪講的似乎很有道理，於是決定留在家裡找相關資料自己看看。在阿仔心目中，媽咪一向是比較講道理的那一邊。

老馬知道自己說服不了老婆，唯有獨自出了家門。

這夜，這個家的內部矛盾又進了一步。

而這一幕，在這個夏天，同時在許許多多香港家庭上演著⋯⋯

"過來人" 老蔣

背景資料　2019 年 8 月 3 日，在旺角 "反修例" 遊行中，有部分示威者未按警方核准路線遊行，中途行經尖沙咀天星碼頭。有 "黑衣蒙面人" 將海港城購物中心懸掛的中國國旗拆下，並丟入海中。

　　"人民日報社旗下《環球時報》今日發表社評，指摘丟國旗者為 '喪心病狂'，並批評有 '暴徒' 分別在尖沙咀及黃大仙圍堵警署和警車，認為示威者行為愈趨猖獗，'違法成了他們的家常便飯'。"

　　雖然來香港已經二十多年了，老蔣還是喜歡聽字正腔圓的普通話，而每天晚上七點準時收看新聞聯播，也是他雷打不動的老習慣。

　　"無法無天，目空一切！"

　　老蔣看到漂在海裡的國旗也很氣憤。對他來講，國旗就是國家的象徵，侮辱國旗和侮辱國家一樣絕不能容忍。

　　說起來，老蔣還是當年 "八九學潮" 的一分子，只不過家裡有事提前離開，所以錯過了最後幾天。現在他每每回想起來，仍是很唏噓。

"那時候我們覺得自己很威風 —— 廣場上沒電，立刻就有移動式發電機送過來；沒有水，就有大水車開過來。現在想想，都是有人在後面拿錢出力支持啊，單憑學生哪來的那麼大能耐？不過那時候只覺得自己很威風，要什麼有什麼，好像全世界都站在自己這邊。學生嘛，總歸很容易被煽動，被利用，單純得很。"

每次回想當年，老蔣都很感慨：

"這件事改變了多少人的命運啊，三十年後再回頭看，很多事情其實一目了然，經不起推敲的。但在那時候，年輕衝動，大夥兒一起，總覺得要改變世界。"

老蔣是作為特級專家被政府引進香港的，在自己的崗位上兢兢業業很多年。他們這一輩人，嚐過很多苦，經歷過很多事情，因此對安寧和穩定總是特別珍惜。

"其實香港走到今天很不容易，建設得這麼好，又有不少人才。現在國家也越來越好了，正是新一輪的機會，要珍惜才是啊。建設一座城市需要幾十年上百年，摧毀它可能只要幾天。"

老蔣的女兒如今在國外讀書，也是和父親一樣成績很好，老蔣在電話裡常常告誡女兒：

　　"外國有好的一面，但始終都是別人的國家；我們自己的國家好，我們每個人才能真的好。你現在是體會不到了，幾十年前我出國，拿著中國護照，要被問來問去盤查半天的；和外商談生意引進技術，要看足別人臉色，還得接受很不合理的價格。可是沒有辦法，那時候我們需要啊。現在不同了，別人要借鑑我們的經驗、購買我們的技術了，我們用了幾十年完成了別人上百年才能取得的成績，真是很了不起！"

　　"外國那一套並不是什麼普世標準，他們也經歷了很多磕磕絆絆才發展到今天；而且那麼多國家也不是鐵板一塊，每個都有不同。我們國家這麼大，比整個歐洲的人口還多，在哪裡也找不到先例可以參照，唯有自己一步步去走去試。用治理一億人的方法，去治理十幾億人的國家，是行不通的。"

　　"最要緊的是學一門技術，安身立命，在哪裡都有需要。"

　　老蔣的女兒倒是也乖，像父親一樣，選擇了一門專業技能作為自己的大學專業。

　　"城市是一磚一瓦建設起來的，不是靠嘴巴說出來的，更不是上街遊行得來的。我是希望有人可以勸勸這些孩子。"

　　老蔣看著新聞畫面和妻子說，然後暗自嘆了口氣。

做文物保育的小溪

背景資料　2019 年 6 月以來的多次示威活動中，示威者常常將現場的建築作為"畫板"，任意噴塗圖案、標語等。

　　小溪這幾天煩惱得很，主要是因為那些噴在外牆上的黑色油漆字。大大的，歪歪斜斜，非常醜，在建築上特別礙眼。

　　小溪做的是文物保育的工作，她自己是很喜歡這份工作的，因為她向來鍾意舊舊的古物。出遊的時候朋友都去購物行街，她卻喜歡鑽到老舊巷子裡，尋找過去遺存下來的建築，或是傳統小店，她覺得那才是每個地方特有的東西。

　　香港經過七、八十年代的大拆大建，在老建築被拆得七七八八的時候，突然醒悟過來，於是建築保育和傳統文化保護的話題開始被大家關注。十幾年前那場"保留舊中環天星碼頭事件"喚醒了很多人的保育意識，小溪也不曉得自己是不是從那時候開始，就決定了把這件事作為自己的工作。

小溪負責的片區有兩棟古建築，一棟中式一棟西式，其中西式的那棟她特別喜歡，保存得也比較好。紅磚的外牆，新古典主義的風格，麻石的大台階。這裡最初是一間小學學堂，後來學校搬走後就空置了若干年，已經有些頹敗。政府保育政策出台後，這裡被改造為社區教育中心，常常組織些社區文娛活動；建築也全部翻新過，通過師傅的仔細清洗，外牆的紅磚露出了原本的顏色和樣子，缺損的也都補齊了。天氣好的時候，紅色磚牆和白色古典柱式，在小花園的映襯下，還真是很有風格。

小溪特別寶貝這棟老房子，常常去看看是否有需要維護的地方。不過近來她最大的煩惱就是牆上的油漆字了！黑乎乎的油漆字，很醜地噴在麻石大台階和紅色磚牆面上，看到的時候小溪心疼得不行，更是有些氣憤。

"為什麼連這麼美的建築也不放過？！"

小溪很生氣地想。

不過想歸想，還是要找辦法去除才是。她上網查找了很多方法，也查閱了檔案室的資料和維護手冊，可是沒有特別理想的。想要去除污漬但又不可以傷害到原本的材料 —— 真是傷腦筋。

工程部團隊找來幾位師傅，據說有祖傳的方法，可以做到。小溪就讓他們在非主要牆面上先試一試。果然師傅的方法還蠻有效，字跡去除得很乾淨。不過是否真的對材料沒有傷害？小溪拿不準，她想了一個方法：

「師傅，能不能給一下清洗的配方，這樣我們可以去檢驗一下成分，才曉得可不可以繼續用，這些老建築的材料是不能損壞的。」

沒想到師傅一口給回絕了。也是可以理解的，畢竟是「祖傳秘方」嘛。可這讓小溪陷入了兩難。字跡要儘快除去，時間久了怕是更加不好去除；但是麻石和紅磚是萬萬不可傷害到的，畢竟想再找到類似材料補齊更是難上加難，幾乎不可能。即使找到，價格也必然不菲，小溪沒辦法冒這個險。

「我們保證不對外洩露，如果檢驗可行，還是要請您來完成的。而且我們有幾棟類似的老建築最近都需要清洗，您的辦法如果實驗室驗證通過，說不定幾單可以一起做呢。」

小溪想著以情動人。

可是師傅很堅決，似乎沒有商量的餘地。

「怎麼辦呢？唉，或許明天再去找找看其他專家顧問吧，有新發現也說不定。」

小溪只能這樣自我安慰。

警員阿良

背景資料 2019年8月3日，民眾於維園中央草坪舉行"希望明天"反暴力音樂會，期望能夠用音樂表達對警隊的支持。大會稱有9萬人參加，警方指高峰時有2.6萬人。6月"反修例"風波以來，網絡平台上針對警察的人身攻擊、對警察的信息進行非法洩露、對警察的家人子女進行網絡暴力等事件時有發生。

阿良是法語班上的同學，非常勤快，每次都是第一個來，也很熱心，會拍照做筆記，發給錯過課程的同學。

不過，從7月開始，阿良的法語課出勤率直線下降。

一個週末的上午，又一次遲到的阿良滿頭大汗地跑進教室。

"對不起，遲到！"他急急地坐下，翻出書本。

"怎麼回事啊，最近？"我悄悄問。

"昨晚到凌晨才收隊，今早就起不來了。"阿良無奈地說。

我突然意識到，阿良作為警員的這份身不由己。每天，在電視新聞上，我們只看到警察一次又一次地上街驅趕非法集會人士，卻不曾體會到作為警員的他們，是怎樣的辛苦、煎熬。

阿良說，他已經連續兩個月沒有完整的週末了，更不要說不計其數的加班鐘點。還好，家人都還是明白自己，隊友們也都互相打氣，雖然社會上不理解的聲音總是此起彼伏。

"真希望快點恢復平靜啊！"阿良感嘆。

"是啊。"我認同地點點頭。

又一個週末，沒有看到阿良。老師開始點名，點到他的時候，不知道是誰小聲嘀咕了一句"又去暴力執勤了吧"！跟著幾聲很不友善的嗤笑。

我當時有些憤怒了，為這些不辨是非的言語，為這種隔岸觀火的態度。如果沒有這些警員，我們還有機會坐在這裡好好上課麼？這裡怕是一早被黑衣"暴徒"縱火砸爛了吧！

我應該拍案而起的，但在課堂上，我什麼也不能做，什麼也沒有做。

原來同理心是一件這麼難的事情啊 —— 站在他人的立場，理解他人的感受，也許從來都是不容易的。

鄰居希望鄰居有同理心，下屬希望上司有同理心，病患希望醫生有同理心，而街上的示威者希望政府官員有同理心。可是，有誰想過警察也需要同理心，需要理解和支持呢？

　　警察作為維護社會治安的中堅力量，形象是威嚴高大的；但警察中的每一個個體，卻也不過是普普通通的你、我、他，有憂愁、有煩惱、有情緒、有無奈。

　　前一陣子，有報導稱，警察子女在學校受到同學欺凌、老師責罵，言之其要為父親的所作所為負責 —— 什麼時候開始，小孩子要為家長的行為負責了？！又是什麼時候開始，教師除了傳道授業之外，也做起了政客的代言人？！

　　當我們希望自己被他人理解時，也請記得，多一些理解給其他人。大家守護的，都是這座城市和這裡的家園。

機場的一段對話

背景資料　2019年8月9日至8月11日，網民發起"萬人接機"集會，在機場透過靜坐等手段向旅客宣傳"反修例"。機場管理局對集會時間實施管制，集會期間只准許持有登機證或機票的旅客進出離境大堂的旅客登記行段。

8月12日下午1時，近萬名示威者在機場響應集會，接機和離港大堂人滿為患，水泄不通。往機場的交通近乎癱瘓，部分市民及旅客只能選擇徒步進入機場。限制進出離境大堂的措施則繼續生效。機場管理局稱機場運作嚴重受阻，下午3時半宣佈晚上6時起限制飛機升降量，4時30分宣佈除已完成登機程序的離港航班及正前往香港的抵港航班外，當日其餘所有航班全部取消。

8月13日，繼續有不少示威者在機場進行集會，到下午2時，部分人士前往離境大堂抗議，阻礙旅客進入禁區，旅客需職員協助才能進入。另有示威者到二號客運大樓阻礙往離境禁區的通道。下午4時半，機管局宣稱客運大樓運作嚴重受阻，所有航班登機服務"暫停"；至5時15分宣佈"所有"離港航班取消，促旅客儘快離開。但有旅客仍然成功登記並登機，亦有離港航班照常起飛。

在 8 月 12 日、13 日連續兩天的示威影響下，機場不得不宣佈不同程度的停運，取消了 979 班航班。

　　David 被滯留在機場，已經幾個鐘，真是要走要留都不得，只好向客戶萬般解釋及抱歉，修改會議時間，讓秘書幫忙更改了機票和行程。還好客戶理解並同意改期，但機場往來市區的交通已經癱瘓，幾個鐘內無法恢復。

　　"示威就示威，圍堵機場算什麼行為？這和修例有半毛錢關係？簡直讓人無法理解！年輕人不做事不返工不交稅，對生活的壓力根本不需要面對！"

　　David 一肚子火氣無處發洩，只得找個咖啡座，坐下來慢慢等。剛剛坐好，一個女生操著很好聽的台灣腔對他說：

　　"請問這裡有人嗎？"

　　David 抬頭，見一個二十幾歲模樣的台灣女孩子拖著大大的粉色行李箱站在一邊。

　　"沒人，坐吧。"

　　David 正愁沒事情打發時間，有人聊聊天也蠻好。

　　"來旅遊？這時候還來香港，不怕危險？"

David 看著這個文文弱弱的女孩子，不禁問道。

"機票一早就訂好了，出發前有些猶豫的，家裡人其實不同意我這時候過來。"

女孩說。

"不過在新聞裡看到香港人這麼勇敢團結，我覺得過來給他們打氣，也是蠻有意義的一件事。"

"哦？你們台灣那邊是這樣報道的？"

女孩的話勾起了 David 的好奇心。

"對啊，關於這次事件，新聞幾乎天天講啊，說香港人上街是為了維護自己的權利，卻要冒著被警察暴力驅逐的危險。我們看了也都很替香港人擔心呢，據說催淚彈使用得很多。"

女孩由衷地說。

"有意思。那你們的新聞有沒有講，每次都因為是非法集會才會遭到警方驅逐，每次也都是三番五次的警告沒有奏效，警方才開始使用武力，而且每次都是示威者動武在先？有沒有看到警察也受傷無數，因為示威者的武器裝備越來越厲害？"

David 發問，心想又一個被媒體率著鼻子走的，看來這在台灣也不在少數。

"這倒沒有哎 —— 我們從沒看到示威者有武器，報紙上都說他們是和平的。"

女孩的消息恐怕僅來自於部分媒體。

"和平？！和平還需要戴頭盔保護，蒙得嚴嚴實實怕被拍到？和平還每次上街第一件事就是把攝像頭噴黑？和平還撬地磚，扔磚頭，縱火，擲汽油燃燒彈？我說的這些，你覺得算不算和平？"

"你們女孩子是不是覺得他們破壞城市的樣子也很勇武，對她們很崇拜？那你有沒有看到他們只不過被警察搜查到藏有武器盤問兩句，就立刻裝病裝暈、手捂胸口、癱倒在地、一副不敢面對的樣子？"

David 對一切無謂的暴力都很反感，對敢做不敢當的男人更是嗤之以鼻，所以反問得有些尖銳。不過想想女孩也是被媒體蒙在鼓裡，語氣就緩和了下來。

"後天是週末，你有空可以上街看看，是不是真的如同你們那邊媒體報道的那樣和平。如果是，你大可不必擔心，好好在這裡玩；如果不是，建議你也別顧著看熱鬧，還是遠離人群，早點回家為好。"

"您說的和我聽到很不一樣。我是打算去看看的，我的朋友也希望我拍些現場照片傳給她們。"

女孩並不完全相信 David，她覺得自己要去現場看看真實情況，才曉得究竟是怎麼一回事。

「注意安全，希望你回去也把真實的信息帶給你的朋友。」

David 覺得自己還是應該提醒一下女孩子；同時，他也真心希望有人可以客觀地把全部真相帶到其他地區，避免媒體的片面報道引發各種誤讀。

一部紀錄片 —— 精神慰藉還是飲鴆止渴？

背景資料　2019 年 8 月 29 日晚網民發起 "遍地開花放映會"，在各區播放 2015 年的紀錄片 *Winter On Fire*（《凜冬烈火：烏克蘭自由之戰》）。該片紀錄了烏克蘭在 2013 年冬天發生的親歐盟示威運動。當晚 6 時至 12 時多，港九新界多處有相關的放映活動。

　　8 月尾的一天，接近收工的時候，小青聽到幾位同事在討論："要不要去？"

　　"去哪裡？"

　　小青好奇。

　　"今晚的放映會啊，你沒看到新聞？很多地方都有。"

　　小青打開手機才曉得，今晚示威集會的主題是露天劇場紀錄片放映 *Winter On Fire*（《凜冬烈火：烏克蘭自由之戰》），地點還真不少：

　　【港島】華富商場對面行人路　時間：20:15

　　【港島】香港仔中心噴水池　時間：20:00

【港島】中環 7 號及 8 號碼頭中間位　時間：18:30

【港島】太古站 C 出口　時間：20:00

【港島】銅鑼灣東角行人專區　時間：20:00

【港島】柴灣公園連儂牆　時間：20:00

【九龍】深水埗站 D 出口　時間：19:30

【九龍】土瓜灣牛棚藝術村　時間：20:00

【九龍】美孚萬事達廣場對出橋底　時間：20:00

【九龍】旺角塘尾道永利工業中心 901 室　時間：19:30

【九龍】九龍灣彩霞道休憩處　時間：20:30

【新界】葵芳站 D 出口　時間：19:00

【新界】西貢市中心　時間：20:00

【新界】荃灣廣場對出空地　時間：20:00

【新界】天水圍銀座廣場　時間：20:00

【新界】上水北區大會堂門口空地　時間：19:30

【新界】屯門良景巴士站旁　時間：21:00

【新界】青衣泳池出口空地　時間：20:00

　　小青對這部片子和它所講述的歷史都不太熟悉，不過是 Netflix 出品，小青決定回家慢慢看，順

便可以補充一下背景知識。

　　小青是一個比較認真的人，什麼事情都喜歡究根問底。

　　回家後，泡上一杯茶，小青便開始查閱資料。這部紀錄片講述的是烏克蘭在 2013 年至 2014 年間發生的一場示威活動，開始是和平的，只是反對政府撤回和歐盟的自由貿易協定；但是很快轉變為警察和示威者雙方的武力衝突，開始有暴力行為出現並且呼籲推翻政府；在持續三個月的時間內不斷升級，直到縱火、大規模對峙、武力清場等等出現，最終的結果是迫使現任總理出逃避難。

　　鏡頭中的示威者絕大多數是沒有任何防護的，被採訪者面對鏡頭也顯示其真面容，只有極個別的人帶了頭套不露真容，也正是這幾個人手裡拿著棍棒、磚塊等工具 —— 這和香港這次的情況有些類似：把自己包裹得很嚴密的示威者，往往是衝在最前相對暴力的；而不戴面部防護的示威者，相對更加理性和平。在心理層面上，這一點和網絡上的惱人行為如出一轍：當感到沒有任何約束或被追究的可能時，人往往會露出最本質的一面。

　　究竟人性是 “本善” 還是 “本惡” 這個話題，小青也愛和朋友爭論 —— 小青總是相信前者，雖然諸多事實常常很無情的指向後者。也因此每次辯論這個話題後，小青都要沮喪一陣子，彷彿一直相信的某種信念有了缺角。不過，小青還是覺得，在受到後天的影響之前，"人性是本善的"。

小青查閱資料時還發現，雖然當時示威取得了暫時的成果，但烏克蘭的經濟卻是一蹶不振，事實上從更早前的 "橙色革命" 之後就開始走下坡路。每年有數十萬年輕人選擇離開烏克蘭，去他鄉尋找機會。"這是一個沒有未來的國家"，鏡頭前是烏克蘭人絕望而空洞的眼神（紀錄片拍攝於 2015 年，距離事件發生有一年多的時間）。

"所以這場示威運動究竟給這個國家帶來了什麼？真的是當初民眾想要的結果麼？"

小青在日記中寫下自己的想法。

"很多時候，短期的行為會導致長期的後果，而最開始的時候人們未必意識得到。善良的公眾往往成為情緒化行為的附屬品和幫兇。"

小青很喜歡紀錄片，也常常看。在大學讀書期間選修的 "紀錄片賞析" 一科，讓她印象深刻。教授的那句話尤其打動她："紀錄片拍攝者，一定要以 '觀察者'（observer）的身份來拍攝 —— 要仔細地觀察，真實地還原，切不可加入自己的立場。

唯有如此，紀錄片才會富有力量，那是'真實'的力量。"

不過看的片子多了，小青也慢慢有了自己的發現——很多國際上獲獎的紀錄片，都是以西方的視角和立場來講述事件的。尤其在講述其他地區，比如中東阿拉伯地區、前蘇聯地區、亞洲地區的時候，往往帶著先入為主的價值判斷，因此鏡頭的選擇、剪輯和解讀，亦稱不上完全客觀中立。

"西方和東方從來都是在兩種完全不同的語境、文化下發展的，除了近兩百年西方社會相對發達外，之前的幾千年，可以說都是東方文化遙遙領先。因此，試圖將短短幾百年的歷史做為普世標準，似乎顯得有些盲目自大。對於不同文化語境，我們需要的是交流而非對立。"

小青寫道。

"西方文化對媒體的話語主導權，隨著網絡一代的長成，其影響開始在很多方面逐漸顯現出來：推及世界的 Facebook、Youtube、Twitter、Telegram、Netflix，連同它們所承載的價值觀一併推向了世界。"以前小青對這個問題並沒有特別留意，但是最近，她喜歡的一檔脫口秀視頻節目頻頻被某視頻網站刪帖，讓她意識到，這些媒體平台並非僅僅用於社交，也在用隱性的方式傳達著某種價值取向。

　　前幾日小青在 Twitter 上看到一則針鋒相對的對話：

One US political celebrity, "May we all stand in solidarity with the people of Hong Kong as they speak out for democracy, freedom from repression, and a world they long to see."

One replied below, "No, please. Last time you stand with solidarity with others, Libya, Syria, Iraq, Yemen …… all of them burned to the ground."

（譯文）

　　美國某政要的 Twitter 說："香港人民為了免於壓迫的民主、自由，以及他們渴望看見的世界而發聲。願我們與他們站在一起。"

　　某網友回覆說："拜託您千萬別！以前您堅定地和他們站在一起的利比亞，敘利亞，伊拉克，也門 …… 都已經化為焦土。"

　　"視角不同，立場不同，得出的結論可以南轅北轍。"

　　小青補充道。

港鐵 "飛站" 的早晨

背景資料　2019 年 9 月 1 日，週日，香港國際機場和東涌站附近有示威活動，下午約 5 時，一批示威者進入東涌站大廳以錘仔、棍、雨傘和噴漆等各種工具對車站設施進行破壞，出入閘機蓋板被撬起，售票機屏幕被擊碎，零件外露，屏幕、路線圖、告示板等被噴上抗議字句。車站控制室玻璃被擊碎，部分人破壞門鎖並闖入控制室內，亦有人打開消防喉不斷射水，最後該批示威者四散。港鐵下午 6 時許宣佈由於受大規模破壞，東涌線全線暫停以保障乘客及員工安全。

又是一個不平靜的週末："東涌站" 在衝突中被嚴重破毀。作為東涌唯一一條出市區的地鐵支線，這個週一的早晨對東涌的居民來講，實在是個不好的開始。

家住東涌的麗雅很生氣！今天是她開始新工的第一天，也是小朋友開學的第一天，遲到會很丟臉啊！而且老公也不得不提早出門，改乘巴士線路。

往巴士站的路上，麗雅路過地鐵站，看到地鐵站入口貼出的告示：

"這樣不負責任，搶修了一晚還沒有修好，真的是沒效率啊──"麗雅在心裡抱怨。

與此同時，港鐵東涌站內，港鐵技術人員正在緊張搶修。交接班前已經忙了一個晚上，現在換早班的工作人員正在繼續維修。消防箱被砸爛，站內地面到處是水；入閘機器被打破，零件散落一地；控制室也被砸開了洞，需要幾週時間替換補裝新的牆面玻璃。"港鐵重申，車站遭衝擊感到憤怒，亦對有港鐵職員受到滋擾表示極度遺憾，而危害鐵路安全可能構成嚴重罪行，而此等行為亦可能違反禁制令，會嚴肅處理。港鐵已報警求助，並會全力配合警方調查，亦保留對這些人士追究的權利。若再發生打鬥、破壞、其他暴力或大規模違反港鐵附例行為，而可能引致高風險或緊急情況出現，會嚴重影響乘客和員工的安全，來往相關車站的列車服務有可能會即時停止。"

港鐵發言人耐心地解釋，面對很多網站上的抱怨，他們也很無奈，乘客紛紛投訴港鐵無故關閉車站，造成公眾出行不便。

回家以後，麗雅和老公嘮叨了幾句，沒想到被

三隻"聰明"的猴子

老公批評了一通：

"很多市民只會指責港鐵，卻對暴力行為很寬容，對他們一次又一次地對地鐵站進行肆無忌憚的破壞行為無動於衷，這還真是重商主義社會的特色！培養了一大批只關乎切身利益的'小我'的人，他們對於社會的關心，僅限於與'小我'利益是否有衝突，趨利避害就是這種社會風氣最集中的體現！"

說到這裡，麗雅的老公很有些氣憤地說：

"我有朋友在港鐵工作，每一次示威過後都是連夜加班加點地搶修，因為要保證第二日朝早五點正常的班次運行。本來夜間可以做的正常維護測試也只能用更多的加班時間來進行。他和我講，很多港鐵一線員工在這兩個月的加班鐘數高達一百多個小時！這些市民都看到沒有？"

"遊行的人只負責破壞就好，被清場還要在媒體前博一博同情。可社會正常運轉依賴的是無數普通人在崗位上認真做事，幫他們善後 —— 我們在每個混亂的週末過後，週一早上還可以準時搭地鐵返工，你有沒有想過是為什麼？"

"對事不關己的示威遊行默不發聲，而對稍稍影響到了切身實際利益的港鐵'飛站'橫加指責。

這種短視和自私自利的想法早晚害了香港！"

"我們要提醒自己，做人要有原則和責任，不要只考慮自己。"

老公的話，麗雅不是完全聽得進去，她覺得這種趨利避害的做法，至少讓自己的人生一直都走得順風順水 —— 雖然她也知道老公講的是事實。

"港鐵東涌站重新開放 ——"

新聞裡傳出好消息。

海邊的下午茶

背景資料　2019 年 8 月 23 日為 "波羅的海之路" 三十周年，網民在港鐵港島線、荃灣線和觀塘線近四十個港鐵站發起建立 "香港之路" 活動。市民在多個車站外行人路手牽手築成人鏈。發起活動的網民希望市民可以和平、理性及非暴力的方式發聲。

　　小岩，小朵，小妖，三個正處在花樣年華的女孩子，喜歡一起行街，一起飲茶，一起聊天，一起旅行。這樣的友誼她們已經記不得維持了有多少年，她們也從女孩兒，少女，成長為 "女人"。女人這個詞太老套，所以三個人覺得自己還是少女，永遠都是。

　　最近的一次下午茶在海邊，這裡也是她們常常來的老地方 —— 她們都喜歡這個年份久遠的餐廳，除了那充滿復古味道的桌椅沙發，搖曳的老式風扇，爬滿綠植的露台，她們最喜歡的當然還是美味的下午茶甜點。

暖風帶著海的味道拂過來，吹在面頰上，還存著一絲絲熱氣，但很舒服。這裡離市區太遠，人不多，最適合聊天：

　　"最近怎樣，有沒有繼續上街？現在上街有些危險，你自己要小心。"

　　小朵問小妖。

　　三個人中小妖是最積極的，每次社會運動總是衝在最前面，這次也不例外。她在幸福家庭長大，父母的收入都是中上水平，這讓她從不曉得人間疾苦這回事。直到幾年前的 "雨傘運動"，她和朋友一起參加，之後用她自己的話說就是 "政治覺醒，靈魂歸位"，她開始積極參與各種社運活動，關心時政，常常把 "使命" 放在嘴邊。

　　"有啊，不過太危險的我就不會去。前陣子我還有去 '手牽手' 啊，在尖沙咀那邊，我在想如果人不夠，多一個也總是好的。可是那天真的把我嚇了一跳，好多好多人，大家齊齊地手牽手，跨過幾條街；變綠燈還會自動散開等車通過，氣氛真的好好！每個人都覺得很溫暖呢，雖然彼此都不認得。"

　　"你覺不覺得香港人有時候有一股 '傻氣' ？"

　　小朵接過話題，繼續說道：

　　"像那天 35 度的高溫，也要坐在那裡一整日，就這麼坐一整天誒。"

"是有一點傻氣啦，但是很可愛啊，你不覺得麼？我們就是要堅持啊，堅持等政府出來回應我們，堅持讓他們聽取我們的意見。"

小妖繼續說著，彷彿回想起上街的那些日子。

"可是你們覺得這樣有用麼？都兩個月過去了，還是一點反應也沒有啊，但是帶來的破壞卻清晰可見，而且似乎越來越嚴重 ——"

小岩開口了，她是三個人中最為理性的，她總覺得政治這個東西太多的彎彎繞繞，連帶著和政治相關的話題和社會運動也是，總是很難避免有不純粹的成分混在裡面，她喜歡簡單直接一目了然的方法。小岩家境一般，和所有住公屋長大的孩子一樣，很努力讀書很努力做事，她對遊行沒有特別的支持或反對，但不會參與，她希望政府快點出來做些事情，讓城市秩序儘快恢復如常。

"我覺得這不是一個短時間可以解決的問題，積累了那麼久，爆發出來就需要用更長的時間去解決。以前我們每一次都被人因為'不要搞壞了經濟'而做出妥協和讓步，結果是事情非但沒有改變反而更糟。不過，我是不同意太激進的做法，太激進只會讓人把注意力轉移到不相干的事情上，反而忽略了當初上街的初衷。"

小朵是經濟專業，分析問題一向從經濟角度出發。

"可是你覺得'和理非'管用麼？'和理非'政府根本不予理睬啊 ——"

小妖說到這裡有些激動：

"開始我們也'和理非'，可是怎樣呢？他們出來見記者，是怎樣的態度啊？彷彿是在教訓一群不懂事的小孩子！我們又不是小孩子，我們是有充分理由的好不好？我也曉得暴力不好，大家都曉得，但似乎不這樣做就沒人理會。不過不'和理非'了是不是就有人出來擔起責任做起事情，說實話我也不知道。"

小妖自己也不確定地搖了搖頭。

"不'和理非'通常只會走向更壞而不會轉好，就像歷史上很多事件一樣，如同打開了閘門的水喉，水湧出來而水喉再也無法關閉。而且，很多時候，暴力會將人們的視線轉移，會把曾經同情中立的群體推向對面，失去的也許會遠遠大於期望得到的。"

小岩對歷史最為了解，喜歡從歷史事件中尋找說法。

「我對歷史還真的不太懂，特別是中國歷史，看到那麼多朝代就已經腦袋疼了。」

小妖承認自己的歷史知識是缺乏的，也不太願意去了解，她始終對歷史書的內容有所懷疑。

「不過 —— 那些歷史都是被改寫了的歷史吧！」

小妖反問道。

「任何歷史都是人寫就的，有人就有思想的局限、偏見、立場，這是任何國家的歷史學者都要面對的問題。如果你有看 19 世紀末德國人寫的香港歷史 *Europe in China*，那種對這個地方及這個地方的人赤裸裸的歧視，對鴉片戰爭佔領香港的開脫，就是一個很好的明證。不是所有的歷史學家都有膽量或者有能力跳出自己的局限，所以你一定要說『改寫』，那麼任何國家出品的歷史都是『改寫』，這一點是公認的事實。我們所能做的，只是多角度去看，思辨地去看，而已。」

小岩糾正了小妖對特定歷史讀物的偏見，順便也指出了一個常識。

通常三個女孩子很少討論這些嚴肅話題的，因為不是共同的興趣所在，她們更喜歡藝術、時尚、扮靚的新聞。但是這幾個月發生的事，和每個人都息息相關，甚至可能改變很多人未來的命運，沒有人可以置身事外。

甜點上來了，似乎沒有以前那麼美味呢⋯⋯

被打倒的智慧燈柱

背景資料 2019 年 8 月 24 日，示威者於觀塘遊行期間，鋸斷及破壞多支 "智慧燈柱"，政府資訊科技總監辦公室表示，初步點算九龍灣常悅道有二十支智慧燈柱受到不同程度的破壞。

　　8 月末的一次週末遊行，還是穿著黑衣、黑褲、黑面罩的人為主力，除了例行的破壞街道設施外，這次的目標又多了一個：智慧燈柱。無他，只因為這個是政府購買並安裝的，只因為它剛剛裝好不久，看著很新鮮。

　　早前有人在網上散佈不實謠言，說智慧燈柱可以識別人臉、協助警察抓捕，並且還有很多人信以為真。於是，政府資訊科技總監辦公室不得不出來澄清："智慧燈柱只用作收集交通、氣象、空氣質素等城市數據，並透過開放數據，配合 5G 來臨，推動智慧城市發展。" 資科辦亦重申："智慧燈柱沒有人臉識別功能，亦不能偵測或讀取身份證資料。"

當然，造謠者是不會就此收聲的，何況，事情本來就是虛妄的，澄清對他們來講，只不過給多了一個"欲加之罪"的藉口。

很自然的，剛剛安裝好的燈柱就做了這次示威的犧牲品。

接下來的發展更具戲劇性：有人發現打爛的燈柱上有某分銷商的名牌，於是又有人升級了謠言，把它和內地某知名廠商聯繫起來。該廠家急忙跑出來澄清，聲明自己是地道的本土企業，和內地某某企業完全沒有瓜葛。

怎麼感覺這個世界黑白顛倒了呢？做對事情的反而唯唯諾諾不停道歉，違法破壞、無中生有的卻站在輿論高地上指手畫腳？這也真是這幾個月的香港才有的特色吧。

讓我們看看世界各地智慧燈柱的應用情況：

—— 在德國柏林，智慧燈柱兼作電動車的"充電樁"，城市大半的燈柱增加了這一功能，為電動車的普及鋪開了道路。

—— 在英國，體育場周邊的燈柱改頭換面，結合監控攝像、公共廣播、無線網絡以及電動汽車充電裝置。

—— 在西班牙，路燈通過安裝監控鏡頭與感

測器，感知街上行人數量與環境光線的照射強度，自行調節照明亮度；同時，可以感測空氣濕度與溫度，自動調控公共花圃的澆灌水量與時間。居民更可以通過智能手機，查看智慧路燈收集的各類型城市數據。

—— 在沙特阿拉伯，智慧燈柱肩負著能源數據收集的功能，有利於政府更好地運用大數據進行規劃。

—— 美國加州地區的大城市幾乎都已經被智慧燈柱覆蓋，可以監控的數據更多也更為廣泛，同時亦被分享給市民和企業，形成產業鏈。

可見，他國早有成功的先例，也被良好使用多年。香港既不是什麼小白鼠要被人拿來做實驗，這燈柱也不是新奇世界，尚有待探索開發。政府要做的只不過是再一次追趕他人的腳步而已。留意，是追趕，並不是引領。

當市民日日抱怨政府對智慧城市無所作為、行動太慢的時候，為何政府難得行進了一步，大家又嚷著喊著要回到原點呢？故步自封已經讓這座城市錯失了升級轉型的若干次機會，不曉得未來還有沒有更多的機會留給這裡？而城市的機會，就是年輕人的機會。

幾千萬的公帑白白浪費是很可惜，但更加可嘆的，是其中折射出的保守頑固的思維，這才是社會前進真正的絆腳石。即使上街的 “黑衣人” 是抱定了 “攬炒” 的邏輯，那麼作為網上和街頭的看客，請客觀分析後再鼓掌也不遲。

　　這些日子以來，我最常想起的是古斯塔夫·勒龐在《烏合之眾：大眾心理研究》中對群體行為的描述：

　　“一個群體的運作具備其獨有的特徵，不同於個體單獨的行為模式。群體在組織化的過程中，每個成員的觀念和想法會漸趨一致，他們自覺的個性會逐漸消失，取而代之的是集體的群眾心理。”

　　“當獨立個體受到刺激時，大腦會告訴他不要衝動，但是成為群體一員後，他會覺得自己無所不能。因此透過匿名、傳染、暗示等因素的作用，人們就會喪失理性和責任感。表現出一些平常被視為不理性的特質，像是瘋狂、衝動、偏執、盲目、狂熱、易被鼓動等。這種現象使得我們在無意間變成了群氓之族，身處在一個群氓時代裡。”

　　每一個個體在決定進入某種群體之前，都該好好地問一下自己：是否具備足夠的理性之盾，抵擋得了群體產生的非理性之矛。

月餅 "文化"

　　每年中秋節的前兩個月，各個月餅品牌就開始紛紛出招搶佔媒體熱點。

　　為了吸引年輕一代的消費者，商家更是有層出不窮的創意。比如，一家餅店舊年開始推出 "粗口白話" 月餅，用具有代表性的粵語詞彙作為月餅餅面裝飾。開始不過是試水，沒想到大受歡迎，外國人和本地年輕人都紛紛買來做手信。

　　"我也很意外。"

　　店家老闆坦言，最初不過是覺得香港人壓力好大，月餅拿來 "搞搞新意思"，給大家放鬆一下，沒想到這麼受歡迎。

　　"去年真是忙得不可開交，訂單做足幾個月，常常要做到半夜。"

　　老闆很開心，雖然說很辛苦。

　　"今年我們除了以前的幾款，又加推新品種，給香港人打氣。網上也更加受歡迎，訂單已經排到月尾。"

老闆所說的新品種，即是應和香港現在情勢的潮語，比如"撕紙王"、"Be Water"、"齊上齊落"等。

香港一向是個通俗文化佔主導地位的地方：從六、七十年代的功夫片、言情劇，到"四大天王"的情歌、周星馳的喜劇，甚至今天隨處可見的多種多樣的"八卦雜誌"。

記得以前和同事聊起過這個話題，他很直白地說："香港的工作壓力這麼大，工作時間又長，居住空間又小 —— 平時生活已是不易，休閒的時候當然要放輕鬆啦，誰還有心情去看嚴肅燒腦的東西呢。"

也許是這個原因吧，通俗大眾娛樂、搞笑文化，在香港隨處可見。就連本該是嚴肅話題的社會運動，香港人也都要找一點"娛樂"的元素出來 —— 把娛樂精神（自娛以及娛他）發揮到極致，也許是在這樣的"辛苦"環境中堅持走下去的慰藉吧。

正是這樣一種由來已久的風氣，讓嚴肅文學、思考型媒體、有深度的創作，很難在這裡發展壯大，最多也只是面向小眾而無法形成主導社會的主流話題。什麼樣的土壤孕育什麼樣的藝術形式，這一點早已被社會學研究證明過。

比如，美國的“波普文化”盛行的六十年代，正是戰後的美國開始把注意力投向商業，重商主義開始的年代。“波普藝術”所面對和觀察的現實主題就是那個生氣勃勃而又吞噬著一切的現代商業社會。“波普文化”先驅漢密爾頓這樣描述“波普文化”：

　　“通俗的（為廣大觀眾設計），短暫的（短期方案），可消費的（容易忘記的），低廉的，大批量生產的，年輕的（面向青年人），妙趣詼諧的，性感受的，詭秘狡詐的，有魅力的，為大眾而生的。”

　　這赤裸裸的告白，如同商業社會的廣告招牌，而“粗口月餅”要表達的似乎也如出一轍 —— 熱烈擁抱大眾熱點，坦白而直接，再加一點點戲謔 。本來就是無營養的想法，吃下去也就不怕消化不良。

哭訴的母親

"你慢慢說，慢慢說，別哭。" 湯姐安慰著 Lara。

Lara 是湯姐的好姐妹，雖說兩人家境懸殊，但都是乾脆爽直的個性，也是教會的會友，十分談得來。湯姐大 Lara 將近十歲，所以有什麼大事情，Lara 常常來請教湯姐幫她拿主意。

"你說我們辛辛苦苦打工賺錢，供她好吃好穿，去最好的學校，請最貴的家教，為了什麼？不就是為了她有個好出路好前途麼？誰想到她竟做出這樣的事？！"

Lara 說著說著忍不住又掉下淚來。

湯姐安靜地聽著，慢慢理出了頭緒。Lara 夫妻二人都是事業型的，靠雙手拚得天下，只得一個獨生女兒 Sarah。因此 Sarah 算是在蜜罐裡長大的，雖不是要什麼有什麼，但也算是十分富裕的家境。父母親事業忙，陪她的時間比較少，難得 Sarah 一直都算是乖巧的，不太讓家人操心。

而 Lara 一向崇尚自由教育的理念，只要孩子不做出格的事情，成績也不錯，就不會多過問她的其他方面。之前，湯姐也有囑咐過 Lara，女孩子到了青春期，更需要母親的關心和傾談，事業再忙也要多和女兒聊聊天。

　　可是前幾日，Lara 很偶然地去女兒房間找東西，竟愕然發現女兒衣櫃裡有一整套 "裝備"！所謂 "裝備"，就是黃色頭盔、黑色衣褲和黑色面罩。她從沒想到女兒竟然會去參加這種示威活動，而且還獲發 "裝備"！

　　"怪不得之前有幾次看到女兒胳膊有擦傷，她還遮遮掩掩的說是不小心碰到的。都怪我大意，我應該早有疑心才是。可我根本沒有往那個方向去想啊！"

　　此外，更讓 Lara 吃驚的是，"裝備" 旁邊還有整整齊齊疊放著的 3 萬元港幣！

　　"是我太粗心啊，湯姐。現在這麼亂，我一早應該想到她有可能被同學們鼓動，一早應該和她多聊一聊的。可是她平時那麼乖巧，我怎麼也不會想到她會去做衝在前面的那些 '暴徒' 啊！"

　　"你說我們辛辛苦苦為了什麼，還不是都為了她？雖不是大富大貴，但她要什麼都盡力會滿足，她怎麼就會去掙這份錢？"

Lara 繼續哭訴著。湯姐知道自己現在能做的就是傾聽，雖然她很想說，孩子並不是物質滿足就足夠了的，知心的話也許才是花季少女們更加需要的。Sarah 的舉動確實是欺瞞了家長，亦不算是負責任的行為，但也許她是在這種集體的參與中，安慰了自己孤獨，找到了某種歸屬感。

"Sarah 她小時候多乖啊，湯姐，你記不記得，她總是喜歡牽著我的手跟著我。可是女兒一天天大了，就再也不和我交心了。"

Lara 回憶起女兒小時候，更加難過。

"後來我們倆也越來越忙，確實陪她的時間不多，可是這麼大的事情，她怎麼也該和我講一下吧！現在多危險啊，每次集會都是各種彈飛來飛去的，你說她為了那幾萬蚊，難道連性命都不要？她有沒有想過爸爸媽媽的感受？"

說著說著，Lara 又哭了起來。

"需要什麼可以和我說啊，媽媽什麼時候都是以她為先的啊！"

作為這麼多年的姐妹，湯姐自然是明白 Lara 的，不過現在年輕人的心思也不是那麼容易理解的。如果說金錢是無法打動 Sarah 的，那麼還有什麼，難道是組織和理念？湯姐家的孩子已經成家立業，所以她似乎離這個年紀的年輕人太遠了。

"我和她爸已經決定了，送她離開香港去英國，立刻！馬上！"

Lara擦了擦眼淚。有了決定的她，就立刻變回那個精明強幹的職場強人，一切都高效地安排起來。

"這裡不能待下去了。不論她是受了老師還是同學的煽動，或是其他什麼組織的挑唆，這樣下去只會把她自己推入陷阱和火坑，讓她將來後悔！趁現在還沒有什麼惡果發生，趕緊讓她離開這裡，去一個更安靜的環境，也許她可以把心思重新放回到學業上來。"

湯姐點了點頭，她同意這種斬斷根源的做法，似乎也是眼前最好的辦法。

"你沒空也要抽出時間多和女兒交流，這樣才能及時知道她的想法。這次是你發現得及時，以後去了國外，那麼遠，更要常常溝通才行。年輕人容易偏激，走歪路，可是如果家人的關愛讓她有情感依靠，他們也是很容易迷途知返的。"

湯姐語重心長地說著，Lara含著淚點了點頭。

憂心的小一家長

背景資料　2019 年 12 月 10 日，行政長官於行政會議前會見媒體的開場發言中指出，6 月至今的"反修例"運動中，被捕者有四成是學生，亦有不少教師參與其中，已要求教育局對違規或被捕的教師嚴肅跟進。教育局回覆查詢指，由 6 月中至 11 月初，已就一百零六宗與近期社會事件有關的教師專業操守個案展開調查，初步完成六十宗個案，約三十宗初步成立，正考慮作出懲處。

　　12 月的一個假日午後，幾位好友約在聖誕節前聚餐，大家都是小學學童的家長，席間的話題自然離不開孩子和教育。大家都有些愁容滿面的，是因為過去的不平凡的幾個月。

　　"我現在很忐忑，不知道自己這個決定對不對。"

　　A 先開口，他在去年剛剛決定把家人一起接來香港，安排兒子在這邊讀書。很幸運的是，A 的兒子被一間知名小學錄取，在本地學生部就讀。

「還好吧，你的這間學校是政治中立的，老師也比較好。」

B 的小朋友讀書早，因此對各個學校情況都了解過，比較熟悉。

「你家那間國際學校怎樣？」

「又紅又專，每天早上升國旗唱國歌。」

B 的小朋友在讀國際學校，也是坊間知名的。說起這個，B 覺得還挺意外。

「現在倒是國際學校的風氣普遍比較好，一般會要求教師政治中立。反觀本地學校，很多從校長到教務主任到教師，清一色政治偏激，有不少學生也是在學校受了不好的影響，才變得激進。」

「是啊，學校本來是育人的地方，這樣不是毀人麼？而且學生通常更注重教師的看法，甚於家長的觀點，至少我小時候是這樣。」

「哈哈，沒想到你小時候還蠻不聽話的呢，現在做了家長知道頭痛了吧 —— 不過據我觀察，最重要還是家庭的影響，父母親的言傳身教。如果真的碰到非常激進的教師，是可以向校方投訴調換的，這一點一般學校都做得到。」

「說起來，經過這次事情，你們有沒有考慮過讓小朋友在香港以外的地方讀書？」

A還是有些擔心的，畢竟小朋友就像一張白紙，如果有人在上面塗抹亂畫，是需要很多時間去糾正的。如果可以，最好在開始就避免。

　　"可是去哪裡呢？現在哪裡也都不是很安全啊，香港或者內地已經算是最安全的地方了。不過內地國際學校讀書的成本亦是非常高的，甚至比這裡還高。"

　　B的家庭在海外、香港、內地都有業務，對很多城市的情況也比較熟悉。大家討論著這幾個月的局勢，都覺得痛心。作為新一代香港移民，以前大家都覺得，小朋友在香港視野會更加國際一點。不過最近的事情確實讓大家很是失望，這失望不僅僅來自於管理機制的失能，更來自於不包容的社會氛圍。

　　"香港自開埠就是一個移民城市，之所以有今天的發展，是因為廣納四方人才，兼容並收，唯才是用，對外來移民足夠包容。從早年的上海移民、福建移民、廣東移民，到後來的海外移民，他們成了香港主要的人口構成部分，他們也確實為這裡帶來了資金，技術，人才。而這一切，似乎在新一代的年輕人身上看不到了：他們不僅僅是衝動，如果是年輕的衝動大家都有過，都會體諒，但是他們選擇封閉自己，拒絕接受不同的觀點，限制自己的視野 —— 而這恰恰是香港最寶貴的東西啊。"

　　A 很感概，A 的父輩和香港有很深的淵源，以前他常常聽父親講起那一輩的香港人，那種肯做、肯學、肯吃苦、肯上進的精神，讓他非常嚮往，這也是他為什麼學成後回國會選擇香港的原因。只是最近，或者說這幾年切身的感受，讓他覺得，現在的香港和他父親口中的那個香港已經有很多不同，有好的方面，也有不少失卻的遺憾。

　　生活還要繼續，而小朋友是每個家庭的未來和希望。

週末的午餐

背景資料 2019 年 12 月 27 日警方記者例會中，警方表示：近來示威者闖入多區食肆騷擾食客，食客中包括小孩及老人。有"暴徒"因小食店負責人拒交閉路電視片段，向員工擲桌椅，其後有聲明稱食店已交出閉路電視片段。警方形容這些行為是"黑社會慣常手法"，"黑色暴力令全城陷恐慌"，"'暴徒'刻意製造黑色恐怖，陰霾籠罩我們的香港，市民生活在惶恐中，不止失去可貴的言論自由，就連做生意、出街食飯、看戲都變得好危險"。

阿韜學的是法律，按照他自己的說法，讀書半世最後竟然以耍嘴皮子為生，經事哲理都算是白學了。這是他自謙，其實阿韜聰慧過人，名校出身，邏輯準確，腦子靈光，很快便做到公司合夥人，生活水平跟著齊齊見長，住的地段也步步登高。

平日工作很忙，週末難得的空暇，他喜歡和妻子女兒散步到西半山一帶的小街上，找一處安靜的角落喝一杯咖啡，看一會兒書，安安靜靜的就好。

可是這幾個月來，連這樣的片刻安寧也得不到了：平日裡喜愛的小店一間間地關門，街上冷冷清清，曾經的那份暖意，被一種蕭瑟淒涼所取代，讓他很是感慨。阿韜自己所在的高校，也是以學生思想激進、敢做敢言而著稱的，年輕的時候誰沒有過拍案而起、上街吶喊的衝動呢？但是，他們的做法，從來都有一個基本的底線，即守法和遵從社會秩序。所以，當這次上街演變成以破壞為首要手段、把暴力"私了"當作家常便飯以後，他就只剩下氣憤和失望了。氣憤的是，明明是受過教育的文明社會的一分子，怎麼可以失卻最基本的人倫底線？！失望的是，社會大眾對此等行為，竟然依舊秉持著沉默或默認的態度！

12月的一個週末，他又帶著妻子女兒來到熟悉的咖啡館，陽光正好的午後，他選了一張戶外的小餐桌坐下。妻子是法國人，博士班的同學，很善良、陽光；女兒剛剛四歲，繼承了母親的五官和父親的機敏，是個小鬼精靈。三個人各自捧著自己的書，安安靜靜地讀著。

沒多久，遠處一陣騷動傳來，十幾個"黑衣人"朝這邊走來。他們全身黑色，黑色蒙面，和安靜美好的環境格格不入。女兒有些害怕，跑到媽媽身邊坐好。"黑衣人"這次並沒有大吵大鬧，也沒有打砸，而是一間一間店舖走過，每間店舖都停留一會，圍著周邊轉來轉去，直到店家害怕得收起攤檔，食客匆匆結賬走人，才算罷休。所有的人，彷彿見到了瘟疫，害怕得不敢出聲，甚至不敢朝他們多看一眼。避開是人們的第一反應。

阿韜覺得這情景十分的弔詭：這和早先的黑社會有什麼分別？他們騷擾街坊、強收保護費的時候，那架勢就是這樣肆無忌憚！可如今是在二十一世紀的香港啊，還是號稱文明進步的法治社會啊，怎麼就可以這般光明正大地耀武揚威？！光明正大這個詞不準確，應該說是蒙著面地跋扈囂張！

他們晃來晃去兜兜轉轉了十幾分鐘，終於來到阿韜所在的這條小街弄。阿韜實在氣不過忍不住，就站了起來，想問問他們究竟要幹什麼。"黑衣人"看到有人肯出聲講話了，頓時一起圍了過來。阿韜為了更好地保護自己和家人，全程用英文，毫不客氣地歷數幾個月來他們的惡劣所為。作為律師，辯論對他來說簡直是小菜一碟，何況是有理有據、立場正義的辯論。"黑衣人"一直在結結巴巴地問你會不會說中文？阿韜倒是反問他們，為什麼不可以和我講英文？你們搖著英國國旗吶喊，難道英文都還沒有過關？對於他的指責，"黑衣人"也許聽懂了，也許只懂了一半，但沒有能力那麼流利地反駁，況且他說的也都是事實。他們只好拿出那慣用的一招——拍照！他們把阿韜的樣子拍了下來，然後威脅了幾句，就離開了。

阿韜很奇怪他們竟然沒有"私了"，事後和同事說起來的時候，也是頗有些後怕的。畢竟自己不是一個人，還有摯愛的妻兒在旁邊，真的動起手來一定是吃虧的。他感嘆，自己很久沒用這麼衝動了，一時間彷彿回到了校園裡那個天不怕地不怕的阿韜。同事幫他分析：第一，他們看你的英文這麼標準流利，說不定還真可能是"外國友人"，不太敢貿然下手，怕事情鬧大；第二，看到你的妻子也是外國人，就更有些忌憚；第三，估計拍下你的樣子，是為了回去搜索起底你的，這是他們一貫的手段，你最近還是要小心。阿韜無奈地搖搖頭，好在他是與網絡絕緣的異類，沒有任何電子賬戶，估計"黑衣人"也只有無功而返了。

想想這些因果，阿韜就更加氣憤：你看看他們暴力私了的都是什麼人？老、弱、幼、小，或者是貧苦的清潔工人、街頭小販、內地來的學生，對於半山以上、港島南部的豪宅區域，他們從不敢涉足

——這真的是欺軟怕硬的典型啊，他們太知道誰是可以欺負、誰是不可以觸碰的了！無論是以法治的標準，還是人類道德的尺度，甚至是做人的基本底線來衡量，他們都十分不合格啊！

阿韜的感嘆不是沒有道理的：如果現在還有人要說，他們是和平示威——這些人不是眼睛出現了盲區，就是心靈出現了盲點！

文學節的一場講座

背景資料 香港國際文學節,是本地每年秋季的一個文學盛會。和夏季大規模的書展不同,是次文學節關注的是英文創作的圖書,囊括本土以及世界各地的作者。規模不算大,前後共十日,有五六十個節目。一些暢銷書的作者從世界各地被邀請來,和讀者見面、推介及簽售。

在國際文學節,我每年都可以發現幾本自己喜歡的書和作者,也會選擇幾個感興趣的話題參與講座。可以說,這兩年國際文學節的影響力越來越廣泛,圖書選擇的視野也更開闊。

今年有一場分享會,是關於香港本土的話題。四位作者的背景各有不同:有的作者是在本土出生長大的混血兒,有的作者是本土出生、海外長大,有的作者是內地出生、香港長大、海外讀書。不過幾位作家不約而同都選擇了香港,作為創作靈感的來源。

2019 Hong Kong Pepe Show

其中一位混血作家分享了"身份認同"這個話題：顯然，他的"身份認同"困境，和近年來熱烈討論的本土身份認同不是一回事。他說，自己一半英倫一半中國血統，在香港出生長大，講一口地道粵語，從來都認自己為"香港人"。可是每每有新朋友介紹時，大家總以為他在開玩笑："認真點啦，你到底是哪裡人？"他對自己的金色頭髮和藍色眼睛感到無奈，竟然被天然地排除在普通認知的"香港人"之外——"我明明就是土生土長的香港人啊"！儘管他每每都這樣強調，但更多時候還是被當作玩笑。"每次這樣我都會很不開心，為什麼我這個樣子就不可以是香港人"？！

作者的經歷讓我想起了自己遇到的一件小事：曾經有一位前同事，四十歲左右的女士，在我們第一次見面做自我介紹的時候，她開口的第一句話竟然是"你好，我是加拿大人"。我幾乎有點詫異了，第一，我想知道你的名字方便相互稱呼而已；第二，我並不在乎你是哪裡人，雖然你長著標準的亞洲人面孔，說著地道的本地方言。然而她接下來的話更讓我詫異："我在香港出生，十六歲去了加拿大，在那邊讀書，最近幾年返來香港做事。"好吧，我仍然不知道她叫什麼，反而還聽到了我一點都沒有興趣了解的更多內容。於是，我不得不禮貌地打斷了她，避免她繼續滔滔不絕地講述自己的成長史。"你好，我叫XX，很高興認識你，請問怎麼稱呼"？終於，她回答了自己的名字。難道這不該是第一句要講的麼？

"希望身份認同而不得"究竟是怎樣的一種焦慮？從來沒有過這種自我懷疑的我，也許很難體會到。但從上面兩段經歷，至少看得出，身份認同更多的時候是一種自我期許和想像，有時和普遍認知差別很遠。也許正因為這種差異，才讓人特別期待來自外界/他者的認同吧。

另一位作家的關注點，是香港正在消逝的古老職業。他舉了一個例子——"書信代寫"。他採訪了一位至今仍在做著這個行當的八十歲老伯，老伯每天仍然朝九晚五地來到自己位於油麻地的小小舖頭，繼續著這個他已經做了六十幾年的職業。當年，在這個行當的鼎盛時期，單這裡就有十幾個舖頭。老伯精通中文、英文、越南話，常常接到的生意是西人在本地的愛人要求代寫書信或者翻譯來信。那時候識得寫中文，又懂英文的人不多，所以生意興隆，後來就漸漸少了，一間間地關閉，如今只剩他一家。雖然維持生計都很艱難，但做這件事做了一輩子的老伯，也唯有繼續做下去了。作者講到他，繼而講到了不少社會上的弱勢人群，他們才是這個社會真正需要被關注的人，他們沒有什麼渠道發聲，也不曉得為自己發聲，"他們是名副其實的'被忽略的群體'（invisible group）"，他評論道。

我是很同意這句話的，這是在社區常常走動、了解這座城市的人，才會講出的話。那些看似繁華光鮮的景象背後，其實有一個龐大的群體很難被關注到：幾十萬來港的外籍家庭傭工，沒有領"綜援金"卻睡在天橋下的赤貧階層，堅持了老手藝卻後繼無人、無以為繼的傳統工匠，領取最低工資卻仍常常被剋扣的外判清潔工人，等等。他們是這個社會得以良好運轉的基石之一，但在這個呎價動輒上萬的城市裡，卻很難有他們的棲身之地。即使在"黑衣人"肆意破壞之後，很多時候也是他們默默地加班加點，清理一切。然而，他們卻隨時還要擔心著，被突如其來的棍棒和轉頭打中。有時候事實就是那麼殘酷：真正需要幫助的人沒有人關注，記者的鏡頭只會對準那些可以博得頭條的熱點話題。

第三位作者帶來了一首曲子，是歌唱兒時記憶中香港的山山水水，很美，很動情。這些記憶中的家園，是他去到哪裡都不會忘卻的，也是他一次又一次返回故地的原因。

不可避免的，有觀者問到這次香港風波的話題，這位作者的回答讓我思考良多。他說，感覺自己今年的關注度突然飆升，世界各大藝術節／文學節，只要聽到你的作品和香港有關，立刻會毫不猶豫地發來邀請函。他很無奈，也很感嘆：他提醒我們每一個愛香港的人，千萬不要把這件事情變做世界舞台上的一齣戲碼。他說，那只不過是浮華的過眼雲煙，很快地來，又會很快地散去，如同流行服裝過了季就不會再有人關注。我們要做的是切切實實地讓這座城市更美好，而不是卯足了功夫期待世界看到一場精彩的演出，而之後的傷痛卻要我們每一個香港人來背負。

是的，一場運動要有始有終才能有所啟迪，單單出發了是不夠的，如果中途跑偏了道路，甚至走錯了方向，那就永遠無法到達期望的終點。

《小說香港：香港的文化身份與城市觀照》讀後筆記

　　重讀趙稀方先生的《小說香港：香港的文化身份與城市觀照》一書，感慨良多。名為香港的文學小說史，實際上，先生對香港開埠以來的思想史進行了一次全面梳理，來自文學界，也關乎整個社會。畢竟，文學本身就是當下社會的最佳映本。

　　首先，在殖民時期，作為有著豐富海外殖民經驗的英國，深諳"敘事力量"之重要。所謂"敘事力量"，就是"以自己'祖家'的經驗和意象，來命名對於他們來說未知的土地，殖民者可以克服自己的陌生感和恐懼感，延伸自己的帝國經驗"。這一點，從英國在各處的殖民地規劃和建築之相似可見一斑：一座皇后像廣場，一座政府山，鄰近碼頭是規模巨大的軍營，一定有幾個球場、會所和跑馬地；亦會在道路、大廈的名字中出現皇后、英皇、太子等字樣；以維多利亞、伊麗莎白、愛德華命名的標誌建築也不可或缺；歷任總督名字，開始貼上了路牌和景點的標識 …… 總之，殖民地的敘事方式，務必讓英人很快在異鄉找到歸屬感；同時也給殖民地子民營造大英帝國之威權想像。

正如書中所說："敘事產生權力，敘事還可以杜絕其他敘事的形成和出現。這對於文化和帝國主義非常重要，而且構成二者之間的一種主要聯繫。"於是，文化上的營造馬上展開，大量的英文報紙佔絕了媒體高地，甚至中文報刊（如《遐邇貫珍》）也被壟斷出版。研究／撰寫香港歷史的文本也陸續出現，當然是以帝國殖民者的角色，充滿赤裸裸的對本土居民的歧視性語言和偏見。直到幾十年後，才有華人創辦的《循環日報》（1873）出現。它亦是孤立無援苦苦支撐到二十世紀之初，方陸續見到其他華人主辦的華文報刊。

其次，二十世紀初開始，內地轟轟烈烈的革命運動開始廣泛影響香港，帶來了新鮮的思維。這期間創立了若干報紙，宣傳革新，針砭時弊，華語日報終於有了一席之地。三、四十年代，一大批優秀文人躲避戰亂南下來港，將香港文學推向一個小高峰。郭沫若、茅盾、巴金、夏衍、葉聖陶、鄭振鐸、臧克家、袁水拍、馮乃超、蕭紅、歐陽予倩、戴望舒、葉靈鳳、林語堂、蕭乾等等 —— 皆是近代中國文學的中堅力量，為香港的文學界帶來一股新鮮氣象。他們創辦了大量文藝報刊，出版作品，百花齊放，燦若星辰。不過，隨著新中國成立，這批文壇巨匠大都返回祖國內地，帶走的，是曇花一現的文藝勝景。

再次，1949 年之後，大批優秀文人回流的同時，一些害怕新政權的文人流亡香港，形成另一股潮流，即 "綠背文學"。他們在若干海外資金的支持下，創作了大量反對內地新政權的作品，如張愛玲的《秧歌》、《赤地之戀》，司馬長風的《北國的春天》等。如作者所書，"據水晶晚年對張愛玲的採訪，張愛玲主動告訴水晶：'《赤地之戀》是在'授權'（commissioned）的情形下寫成的，所以非常不滿意'"。作家如果離開了自己熟知的領域，失卻了自由書寫的空間，那麼作品只能淪落到 "御用文字" 的廢紙堆了。所幸，並不是每一個文人都甘於委身於金錢，如葉靈鳳的《香港書錄》就給我們留下了很好的史料。對歷史的考據和對當地的人文關懷，都凸顯出作者對殖民文化的清醒認識。

之後，六十年代，本土意識崛起。在內地動蕩不安、全世界社會主義運動風起雲湧的時期，香港似乎是漂浮的孤島，這讓港人開始從自身尋找出口，真正的本土文學開始抬頭。敘事文本不再著眼於他處，而是希望挖掘本土的故事，建立從未有過的文學語境。另一方面，這也契合了香港高速發展的經濟和日益重要的國際舞台角色，經濟發展建立起來的自信催生了本土意識的覺醒。

八十年代，中英談判的開始，將本土意識帶入了一種極端。如作者所書，"香港現有的殖民地身份即將消失，忽然喚醒了港人的本土文化意識，於是有了大量的重構香港歷史的'懷舊'之作，有了大量的對於香港文化身份的討論。香港歷史上的本土意識發展的高峰，出現在香港（殖民身份）即將失掉的時刻，這一看似弔詭的事實正出於邏輯之中"。有趣的是，很多懷舊並沒有從中英兩國的大歷史背景尋找註解，也沒有將世界大格局納入思考，而是轉頭向內尋求一方島嶼上的局部史、風俗史。不得不說，這種懷舊的努力，恰恰契合了政局變幻下，這座城市的無力和蒼白感。

對於通俗文學在香港的影響力遠遠大於嚴肅文學這一事實，作者也進行了分析。作者引用《後現代主義與文化理論》的講演中，Fredric Jameson 談到商業消費對於後現代主義產生的關鍵作用："如果說第二階段的壟斷資本主義以外在暴力的方式將世界殖民化，那麼第三階段的晚期資本主義或稱多國化資本主義則以商品的形式滲透進了人的無意識領域，使得文化領域內一切精神維度都消失殆盡。"這也確實是香港長久以來的思想狀況：從經濟騰飛的六七十年代起，甚至更早至開埠起，消費主義的歡歌就從來都是這裡的主旋律。人們把自己沉浸在燈紅酒綠、紙醉金迷裡，享受今朝有酒今朝醉的短暫歡娛，這或許可以化解那種前途未卜、對未知未來的失落和恐懼感。無論是早期空降的殖民官員、來往淘金的冒險商人、行色匆匆的過客，都或多或少有著這樣一種驛客心理。這也是為什麼，嚴肅思考始終缺乏健康成長的土壤。

縱觀趙先生全書，似乎是一面鏡子，可以反照近年來的風波不斷：這座城市的近代思想史，除了二十世紀之初有過短暫的思想人文繁花盛放，以及不同的弦音之外，其他大部分時候，是被有意識的思想書寫所擺佈的 —— 無論是殖民者初期的"敘事權力"的建立，還是冷戰時期的金錢支配，中英談判後所謂的"民主意識"之曲解灌輸，以及毀滅了殖民期歷史檔案而建立起的舊時假象。即使是六十年代興起的本土意識，也是這種土壤下生長出的營養不良之果實，摻雜著對不了解之過去的烏托邦式的懷戀。這也從另一方面解釋了，為什麼很多人那麼自然的就會輕信來自域外的聲音，那麼順理成章的就去向域外討說法，除了長久以來內心的不確定和不自信之外，這片土壤在思想上的外向聯繫從來就多過對本民族自身的了解：前者是他們更為熟悉的語境，而後者是十分陌生的，同時也是他們刻意拒絕去了解的。

書中作者也提到內地學者過去研究香港文學的不足。坐車來過香港幾次、住過幾晚、看過幾本文學雜誌，就開始寫香港文學史，實在是很可笑的事情。這樣寫出來的東西，還不如本土派的懷舊詩篇更值得觀看 —— 這是很中肯的。

即使在這次風波中，個別內地媒體，雖然對這座城市的了解十分有限，卻喜歡高高在上指手畫腳，這樣除了進一步撕裂本已撕裂的社會之外，看不到任何益處。這個聯繫著東方西方，雜燴著五洲人口的南中國一隅，歷史和思想史錯綜複雜，真的是一本需要鑽進去才讀得懂的艱深"讀本"。

任何社會的撕裂，都有其思想根源，唯有溯源方可清本。希望更多人願意並有機會，來好好讀一下香港這本複雜的書。

人文教育的缺失 —— 和一位長者的對話

背景資料　過去十年來，香港如同許多歐美國家一樣大幅削減大學人文學科的學額及經費。在 "STEM"（即科學〔Science〕、技術〔Technology〕、工程〔Engineering〕和數學〔Mathematics〕）統領天下的今日教育界，人文教育該何去何從？

　　一位老朋友，可以說和我是忘年交，我非常尊重和敬佩他在推廣中華藝術和考古方面所做的不懈努力。

　　我們見面不多，但每次都談得暢快。最多的話題是當今的社會風氣、年輕人的教育、文化界的趣聞、博物館的最新展覽、考古的最新發現、旅行外遊的感受等等，政治是很少會論及的。

　　不過前幾天，當我們再次坐在一起喝咖啡，就怎樣都避不開最近發生的一切了。

　　"我去歐洲度暑假，走了大約一個半月，回來的時候竟然見到機場的這一幕 ——"

他把手機中的照片給我看："黑衣人"將機場手推車推來推去，阻撓通道，掛滿標語，揮舞他國國旗 —— 和我在新聞上看到的場面差不多。

"我是真的很生氣！"

他給我的感覺向來是冷靜的，溫文爾雅的，幽默詼諧的。這是我第一次見到他發脾氣，而且是出離憤怒的情緒。

"他們知不知道自己在做什麼？揮舞他國國旗，要表達什麼？擾亂公共秩序，破環公眾財物，這又是在表達什麼？"

"我們的教育真的是出了問題，看看這些年輕人的行為舉止，甚至都已經不是 civilized behaviour，更加不要說沒有民族和國家的概念，這些都是教育缺失導致的！"

"記得我們小時候，教科書裡面是有唐詩、宋詞、元曲的，我為什麼這麼喜歡中華文化，並且立志做這方面的工作，就是從那時候開始的。我當時就在想，中文文字怎麼可以這麼美，一個詞怎麼可以有這麼悠遠的意境？真是不可思議。可見兒時的啟蒙教育有多麼重要。"

"是啊，了解一段歷史，一種文化，才有可能擁抱它；如果完全不曉得，哪裡來的認同？很多價值觀、人生觀、社會觀，民族和國家的觀念，都蘊含在文化與歷史中，不學習就沒有機會了解，不了解就沒有機會喜歡，更談不上熱愛了。」

我十分認同這一點，也談起自己兒時的文化熏陶對自身成長的影響。

「今天的年輕人，中文素養簡直一塌糊塗！」

說起這個，他又激動起來：

「我給你看一篇前幾日收到的文藝評論，一位還算知名的藝評人寫的，請我幫忙看看提些意見。我一看，這意見真是沒有辦法提，要提就得重新寫過！文法用詞是一塌糊塗！」

我拿起他的手機，讀了起來。確實如他所講，這位作者的文字功底比較淺陋，中文句子的結構也有些亂，前後邏輯亦不十分通暢。讀好的文字如飲瓊漿，讀差的文字味同嚼蠟，這篇文顯然屬於後者了。不過，放在如今的網絡平台上，也不能算是最差，畢竟現在文藝工作者的素質參差不齊，也有人比這個差得多。不過我知道，以老先生的要求，一定是大大的不及格了。

「可見如今年輕人的國文程度淪落到何種地步，而這又是教育缺失之責！」

「那你後來怎麼做的？」

我不禁好奇，知道他的眼裡萬萬容不下對文字這樣褻瀆的。

"我就坦白的和這位藝評人講，不好意思，您的文章我沒有辦法局部小修小補，不如從頭來過動個大手術吧 —— 也許是覺得要給我老人家一個面子吧，這位還是重寫了一篇，不過估計今後也不會再找我了。"

說到這裡，他無奈地搖了搖頭。

我們談到教育，又談到了家國情懷，談到了文化復興。

"這幾年香港開始講求文化了，什麼事情都喜歡和文化沾一點點邊。不過，在整體商業氣氛濃郁的環境下，很多人只是把文化作為一個標籤，一種宣傳手段，一款營銷策略。比如前一陣子我本想組織一個公眾講座，邀請某機構知名人士談談他專攻的文化課題。可是初步交流下來，發現還不如我知道的透徹，這怎麼可以？他還身兼數個高校的教職，豈不是誤人子弟？！"

我自然明白他講的都是事實，人文教育的缺失不是一天兩天了。可是有心改變的呼聲，總是被短視群體的干擾聲所掩蓋，也因此遲遲沒有什麼改變。

香港是個"開放"的地方

　　"香港是個開放的地方"，這是香港人非常引以為傲的一點。也因為這種開放，讓全世界的人才可以在這裡自由地工作和生活，也帶來多元的思想和文化。

　　不過，最近和一位來自第三世界國家的女孩子的交流，讓我對這個問題有了新的認識。而她說到的一些切身感受，更是我從來未曾留意和思考的。

　　Sofia 是個活潑的女孩子，來自東南亞某發展中國家。因為是當地望族，她家教良好，且從小接受西式教育，英文流利；之後在東南亞和歐洲許多國家工作過，近年隨家人遷居香港。

　　她的經歷算是很豐富，在發達國家和發展中國家都留下了不少足跡，多是 NGO 和社會組織的工作，因此內心是比較開放和包容的，對社會的不公義和不平等也非常關注。因為機緣巧合，我們成為朋友，也因為價值觀的很多契合點，我們常常會聊一些社會話題。

最近的事情也是她所關注的，只是她從最開始的支持理解，到如今的不理解不支持，亦是經過了一番思想的變化。

"開始我的確是理解的，通過和香港朋友聊天，我知道他們擔心什麼，所以希望上街去表達。可是後來，事情變得越來越暴戾，而且和當初的訴求已經沒有關係，我就感覺到這是一個危險的信號，是在朝著非理性的方向發展。我是從來不支持任何形式、以任何藉口為掩飾的暴力行為的。在我看來，那只是軟弱無能的另一種表現。"

"那天我的香港朋友發了一張照片給我，黑壓壓的一群人，其中某位還高舉英國國旗 —— 看了之後我越發不理解 —— 他們難道忘記了當初殖民時代的不平等了麼？他們不記得曾經有那麼一條明確的城市界限來區分西人和華人？他們不記得英人甚至頒佈法律'山頂地帶不允許華人置業'？"

她對一些人以爭取權利、自由為口號，卻要求回到"無權利、無自由"的殖民時代的行為深感不解。進一步講，她對香港這個"開放"的地方的評價是有些不同的：

"來這裡之前，我的英國朋友都和我講，香港是個開放包容的地方。可是，你知道麼？我一生受到最多的歧視就是在這裡！"

她的這番話讓我非常震驚，我沒有開口，等待她繼續──

"這裡的出租車司機，看到我的面容不是本地人，會裝作聽不懂英文拒絕我上車！不是一次，是有好多次！可我明明看見，剛剛一位白人從他的車子上下來的，難道他會講粵語？！還有一些本地餐廳的服務員，也是這副態度。"

她說的話真是我所沒有想到的，也是我自己從來沒有遭遇過的。也許是因為她的面容是很典型的東南亞裔的容貌？如果真是如此，那簡直太糟了！

"我一向認為，歧視他人就代表你在和其他人講‘我可以被歧視’，因為你這樣對待了別人，就默認自己在某種情況下允許被這樣對待！這也許可以解釋得通，為什麼在香港，有些人會高舉著其他國家的國旗，或者跑去其他國家領事館請求支持。也許他們留戀那種被不平等對待的生活。"

她的話是有些負氣成分，但不無道理，我們的古人亦有一句話，"己所不欲，勿施於人"，講的就是這個意思。而且任何人如果遭到這樣的歧視，都有權利憤怒，所以我可以理解她。同時，我也開始思考這個我不熟悉，卻原來殘酷存在著的，社會的黑暗一面——我們常常談論的這個 "開放包容" 的香港，是否只是對一部分人 "開放" 和 "包容" 呢？

反觀這次持續的示威活動中，確實是有不少香港人，把希望寄託在他國而不是自己國家上的：從幾個高級別前政務人員到美國遊走宣傳，到年輕民主黨派人士去國外請求聯手，再到發函請美國政府通過針對香港的不利法案，再到數次示威中出現的英國和美國國旗，乃至部分年輕人跑去各國領事館送請願書尋求支持……仔細想想，這些行為彷彿都在表達一個意思：

"我們要請外國人來幫助我們！"

另外，很多香港人也喜歡用外國媒體的評價來為自己做註腳，彷彿這樣就更加可信或者自信。這似乎也在表達一種意思：

"我對自己不自信，對自己的言論和媒體也不自信，請給我一些勇氣和力量吧！"

如此想來，真是可悲又可嘆。

如果這是香港人引以為自豪的 "開放社會" 的一部分，那我們真的需要好好反思一下："開放" 的內涵到底是什麼？

撐粵語！撐粵語？

　　"撐粵語"的呼聲從回歸以來就沒有斷過，最近一次大辯論是在 2018 年。所謂"撐粵語"就是民間呼籲保護粵語作為官方語言的地位，呼籲大家多多講粵語，不希望這門地方語言消失。

　　我自己是很喜歡粵語的，或者這麼說，我個人覺得一切地方方言都應該被好好珍視和傳承。所謂一方水土養一方人，方言中多多少少折射出地方的性格。比如，蘇州的吳儂軟語，是源自蘇州人的精緻細膩；陝西話的鏗鏘有力，也因了西北人的直爽率真。不僅如此，方言也是很多藝術的載體：越劇的優美，來自於滬語的婉約清雅；而黃梅戲如果沒有了安徽方言的襯托，也就失去了淳樸爽利的味道。

　　當然，還有無數其他的理由，值得好好去傳承我們的方言：方言寫就的文學作品，方言流傳的美好歌謠，方言契合的地域風情，都是我們無法捨棄的原因。單從語言學的角度已經可以找得出足夠的論據，更何況，在異國異鄉的土地上，鄉音才最能喚起內心對家鄉的那份最溫暖的思念。

粵語，作為廣東省絕大多數地區和港澳的主要地方語種，當然值得好好守護。不過，我常常詫異於這裡所謂"專家"的不專業解讀：本該好好地給大眾普及一下粵語的重要性，卻硬要抱著早已證明是謬誤的故事去傳播，彷彿是兜售廉價物品的小商小販，叫賣吆喝難道重要過事實和史料？比如，那個網上傳播甚廣的"粵語是最古老的語言，所以用粵語唸唐詩宋詞更為押韻"。這個段子式的笑話早已被語言學家證明是錯誤的，就不要再繼續貽笑大方以訛傳訛了吧。試問：長在巴蜀的李白、生在中原的杜甫、祖籍濟南的辛棄疾、終於臨安的李清照，難道都會講粵語？當然不是啊。語言是不斷發展的，中國地域廣闊，方言有上千種之多，每個朝代都在不斷融合，才有了今天的結果。僅僅因為粵語中保留了少數古意的字符，就硬生生地說它來自唐宋千古不變，這未免太過牽強。

撇開專家，普通市民是不是真的這麼熱愛粵語呢？看看身邊的例子，彷彿又不是這樣一回事：

——小A，土生土長的香港人，丈夫也是土生土長的香港人，夫妻二人收入不高，但對於兒子的英文教育卻是從小抓起：菲傭姐姐負責和兒子主要的日常交流，目的是讓兒子"處於全英文的環境"。

—— 小 B，香港出生，英國讀書，一口流利的港式英文，日常生活中，從來不允許女兒和自己用粵語交流，即使她的粵語比她的英文漂亮標準一百倍。為什麼？答曰"英文要從小鍛鍊"。

—— 小 C，香港出生，加拿大長大，嫁了西人，家庭日常語言為英文，日常閱讀的文字亦主要是英文。兒子十幾歲了，一口流利的英文，粵語卻是聽得懂三成，中文寫得了一成的水平。

—— 小 D，小 E，小 F⋯⋯

繼續寫下去，可以舉出很多很多。我常常有個疑問：嚷著要撐粵語的他／她們，為什麼到了自己的後代，就全然不理會了呢？究竟是愛粵語，還是不愛呢？

網上的"專家"們"憂慮"的指出，回歸以來，普通話和英文的使用比例大大提升，而粵語的使用比例大大降低，擔心粵語將被逐漸邊緣化。試問：這降低的比例中，又有多少是"為後代提供純英文語境"的土生土長的香港人自己親手創造的呢？

一個人，如果連自己的母語都說不好、寫不好，是很悲哀的事情。還記得香港中文大學創校校長李卓敏，在 1978 年中大第十九屆頒授學位典禮上的一席話，十分感人："凡是大學都不可能脫離本身民族的背景。因此，中國或海外華僑創辦的大學都是中文大學 …… 每一所大學都是溝通本國和外國文化的橋樑 …… 那是理所當然的。"中大亦曾發起 "中文運動"，終於在 1974 年，迫使港英政府立法，中文與英文得以享有同等法律地位。

歷史的迴響尤在耳畔，眼前的光景卻已是面目全非。

只不過是想像

背景資料　很喜歡在週末參加一些文化講座，聽聽來自他者的聲音。無他，"兼聽則明"是亙古不變的道理。

所謂"赤裸對話"（Naked Dialogues），就是什麼都可以問，什麼都可以講。

主持人既然訂了這個規矩，那麼敢於前來的，就要有幾分膽識接得住所有問題。

比如這次，台下就有人問了，而台上講者的回答，讓我不得不讚。

"那些想要回到港英政府時代的年輕人，恐怕是真的沒有經歷過那個年代吧。"

老先生笑著搖了搖頭。

"我自己是親身經歷過的，所以，我是有一點點發言權的。你要是問我，我會覺得這根本不是問題。那個時代和今天，華人的地位是一個在這裡，一個在這裡。"

小時候，
我們都吹過泡泡，
但泡泡總是會破滅，
因為它太美，太不真實。

老先生用手比劃著地面和天花板。

"講我自己，其他人我不講。是幾十年前的事情了，我那時候是剛剛獲得了外國的一些榮譽（老先生自謙了，他是學界屈指可數的名字，在美國名校任終身教職），於是香港的一間大學就邀請我來這邊給學生開個講座。我從來沒有來過香港，也很想來看看的，就答應了。"

"剛到埗，他們就邀請我上了一艘小遊艇。很快開到一個什麼俱樂部，有一點鄉村度假營的感覺，裡面全部都是西人，英國人美國人為多，也有其他國家的，但就是沒有華人，連講粵語的華人也沒有。晚餐是西式的，很精緻，酒也不錯。晚餐後，他們帶我四處看：俱樂部什麼都有的，餐廳，休閒、娛樂、運動場地，很漂亮，靠著海邊。他們的很多會面應酬就在那裡的，像是一個小社會，不過華人是不得入內的。"

"之後有一天，有位洋人教授邀請我去到他的家。他家在山頂，一間大屋，幾輛車子，傭人來來往往好多個。我當時並沒有覺得太特別什麼的，因為在美國教授的收入也是可以有房有車的，沒有這麼多幫傭就是了。"

"再後來，我陸續接觸到一些華人教員，了解他們的情況，這個反差就比較大了。他們的住處多在山下，有點類似多層小樓的樣子，樓不高，不過一層會有幾戶人家。華人教員和我講，在大學裡，洋人教員是明顯高人一等的，即使是同等資歷，他們的職位、薪水都比華人教員高出很多。而且大家比較涇渭分明，華人很難進入到他們的話語圈。"

"從他們的居住和衣著，很明顯可以感覺到經濟地位的差距，而學術地位，更是天差地別。這在當時的香港社會是很普遍的情況，高校如此，政府機構也是如此。高階的行政長官從來都是西人擔任，而華人只有份任職比較低階的職位。"

老先生講著，向提問的年輕人語重心長地說：

"所以啊，以前港英政府的時候，華人是很沒有社會地位的，商業上再成功，社會地位也得不到承認的。西人的這種族群差異對待，是在所有殖民地區一貫的作法。所以你還要問我那個時候是不是更公平、開放麼？應該有自己的答案了吧。"

"在座的我看都很年輕，可能你們的父輩都不會完全記得那個時代，所以有什麼錯誤印象和想像，也是正常的。不過，並不是因為不記得，就可以忘本！"

最後一句話，老先生加重了語氣。

聽睿智的長者聊天，心情總是格外舒暢。

新加坡，我們究竟該學習什麼？

　　朋友和我聊天，他正在向公司申請，調職去新加坡。

　　"為什麼是新加坡，那麼小的一個地方？"

　　我問他。我曉得蠻多港人喜歡用新加坡來跟香港作比較，新加坡的新聞也常常是本地報紙的頭條。

　　"新加坡雖然說華語，比較煩，但至少社會穩定安寧些啊。"

　　他的話讓我起了和他辯一辯的心思，我知道，以前他對這個小地方是不太認同的。

　　"哦，我好像記得，是某某人講過，那裡是威權政府管治的？"

　　"沒錯啦，這個我是蠻憎的。上街集會要提前六個月申請，還需要告知人數？！鬼知道六個月後幾多人啊，講笑咩！在街上超過六個人站在一起，就要被警告，有非法集會之嫌。你說是不是很誇張？"

　　"那還有人趕著要去？"

"現在香港這副樣子，好像去個不集會的地方也挺好。"

他嘆了一口氣。

"那你有沒有想過，正是這樣的政府管治，才讓社會這麼安寧？你不能只要想要的一半，不要不想要的那一半吧？"

我反問他。

"還有港人口口聲聲羨慕不已的公屋制度，不也正是強勢政府才有可能推行得了的麼？觸動了市場神經和大資本利益的事情，沒有強勢政府，怎麼可能推得動啊。"

"你說的雖然沒錯，但香港一向標榜自由市場，總不能說改就改吧，這是我們的'金字招牌'啊。"

"香港確實總以自由市場為口號，政府也確實老老實實的跟著前人留下的'大市場，小政府'亦步亦趨，可前人為什麼這麼做，是有歷史原因的。如今的結果你也看到了，就是貧富差距持續飛漲，得利階層更趨壟斷，惠民政策也更難推行，民怨沸騰。咱們港人一向是以靈活善變、聞聲而動自誇的啊，怎麼碰到根本問題，反而不敢動、不願動了呢？總不能死抱著所謂的'金字招牌'而忽略現實問題吧？"

我對這套以"大市場，小政府"為背書、舉著"自由市場"旗號就無所作為的策略，是有幾分不滿的。如果不是逃避責任敷衍公職，那麼只能解釋為缺乏戰略和變革的勇氣，甘當既得利益的幫兇。

記得早前，新加坡公屋政策負責人來香港演說，就談到政府角色的問題。他同樣認為，在民生問題上，政府是責無旁貸的，行的越往前越好，半點退縮不得。他說，新加坡的公屋政策最早其實是向香港學習的，那時候，他帶著幾個人跑來香港，遍訪公共屋村，汲取經驗。誰曉得，幾十年後，新加坡的公屋反而成為榜樣？

不進則退的道理，是萬古不變的。

這位老先生很感慨：香港的居住環境真的是太擁擠了！在這樣的居住環境，大家心情怎麼會好，心情不好又怎會安心工作？他說自己在新加坡，也是住著政府的組屋，一家四口，有一百多平米，十分宜居。組屋足夠好，普通人就不需要搶著買私樓，市場也就炒不起來。

老先生說得真是很好：住，是生活的基本需求，這個做不好，其他做得再漂亮，也都不過是"粉飾"吧。

再看看這裡的開發商，為了讓大家〝買得起〞樓，又不降低單價，於是一百多呎、幾十呎的單位都做得出來！可就是這樣小的空間，卻配著世界名牌廚具和高檔地板，為的只是維持那呎價過萬的標準，這又有什麼意義？宜居地標準什麼時候變做了面皮功夫？

　　當然，社會責任從來都不是開發商關心的，他們也不是該被問責的對象。政府，才是需要擔當起責任的一方。沒有政策是一勞永逸或十全十美的，最重要的，是可以照顧到最大多數公眾的利益，以及社會的弱勢群體。

　　我同朋友舉杯，對他說：〝新加坡之行順利！回來之後和我講講你的體會。〞

一次購物經歷

是很久之前的經歷了，不過直到今天，情況依然如此。

那是一個春季，很久沒有逛街，我打算去置辦幾雙鞋子。

我走入一家百貨公司，走向常用的牌子所在的櫃位。

"這邊看看啊，本季新款，有新季優惠哦。"一個好聽的聲音打斷了我的思路，回頭看，一位摩登打扮的售貨店員向我微笑。

也許是被這個好聽的聲音吸引到了，也許是被甜美的笑容打動了，總之我停住腳步，轉身走入這個陌生牌子的店面。

沿著新款的陳列走過去，我拿起兩雙看上去還不錯的，準備試試看。

小姐很熱情，問了我的號碼，轉身走入店後倉庫。很快，她捧著幾個大盒子出來。

"這兩雙你試試先，都是新款，我們家的牌子穿著很舒服的。"

　　我穿上去走了幾步，不是特別合適，看來我的腳型和這個牌子不是太搭。我對她說聲抱歉，準備離開。

　　"還有這幾雙，你要不要也試試看？"

　　她打開了剛剛捧出來的另外幾個盒子，我一看，和我選擇的款式有些類似，但設計上又不太一樣。

　　"真是很有心的女孩子，好會做生意。" 我暗自想。雖然不太想試，但推辭不過她的好意和微笑，在勸說下又坐了下來。

　　再試過兩雙後，依然不合腳，可以確定是款型不合的原因了。讓她白白忙了半天，我有些不好意思，只得再次說抱歉，確定要離開。

　　"不買就不要試嘛，做什麼樣子看，白費工夫！"

　　我正起身，就聽到了這明顯說給我聽的抱怨，不禁抬起了頭。依然是那個女孩子，依然是那張摩登明媚的臉，可是瞬間變做一副非常不耐煩的臉色，剛剛的笑容也完全不見了，語氣也與剛才截然不同。當時的我是真的有些震驚的：買賣總要雙方合意才是，成則開心，不成也不是故意，這又何必？而且這位小姐的晴轉陰也太快了吧，幾乎讓我懷疑剛剛的晴不過是假象了。

在有了若干次類似的經歷之後，我漸漸發覺，這是香港零售業比較普遍的現象。和台灣的笑臉相迎笑臉相送不同，和內地的不甚理睬也不同，這裡的銷售小姐的臉色，完全是和買賣成不成綁在一起的。

再後來，我總算曉得，原來本地的大多數服務行業都有些類似：對新顧客熱情有加，對老顧客卻冷若冰霜。比如，新上台的網絡用戶，不但贈送大禮包，還有相當給力的折扣；而合同到期的老客戶，不但沒有這份待遇，不加價已屬幸運。再比如，健身房的教練，購買服務的時候千般都好，付款之後顧客就要自求多福了。

這不是鼓勵大家都頻頻轉台、每年更換服務商麼？這樣對個人來講費事又麻煩，為什麼不用心留住老客戶呢？我帶著不解請教本土的小V——以精明購物達人自稱的一個女孩子。當然她確是實至名歸，哪裡有最新折扣，哪裡又在特賣，問她就好。

"這其中的原因就在於提成獎勵啊。通常這類以服務為主打的商家，職員底薪都是極低的，主要靠簽約新客戶賺取回佣，他們當然要想方設法去拉攏新客戶啦！至於已經在的老客戶，就算續約，那回報也少得多。你說，他們為什麼還要理你啊？"

"可是，這不是在助長急於求成的風氣麼？而且對於整個社會來講，這就是一種資源的重複浪費。你想想，每一次轉換商家，都要購置新的設備，雖然通常由商家買單，但資源還是浪費了，不是麼？"

我很不認同這種短視的做法，它帶來的只能是更壞的社會風氣。

"都像你這麼想，那 GDP 怎麼產生啊，商家哪裡來的利潤和增長點啊？"

小 V 從市場競爭的角度給我上了一課，這也算是市場這一無形之手掌控下的必然結果吧。

什麼樣的社會風氣，就會造就什麼樣的企業文化和個體，這是亙古不變的道理。

不過，終究有人會跳出陋習，在想法上尋求新出路。剛剛看到的新聞就不禁讓人拍手稱讚。

一間開張不久的健身房，主打按月收費的模式：因為沒有 "hard sell"，健身教練不用 "落街派傳單"，也不用向客人推銷及跑數，容易吸引優秀的教練主動加盟；顧客也無需擔憂提前預支了年費卻得不到好的服務。這種服務話事、賺回頭客的方式，很快讓它開出了十幾間分店的規模，而開始幾個月的虧損也很快轉為盈利。

　　社會總是在改變中才會進步，當然首先要改變的，是思想。

城市的 "傷痕"

背景資料　金鐘，是香港特別行政區政府總部的所在地。"反修例"風波以來，這裡常常是遊行結束的地點，並多次成為暴力攻擊的目標。2019 年 7 月 1 日，遊行結束後，部分"黑衣蒙面人"更是衝入立法會大樓，將內部破壞殆盡。

　　傍晚時分從會展中心沿著海濱走去中環，吹著海風，對面的尖沙咀文化中心的外牆，不知什麼時候開始有了多媒體燈光秀，和 ICC 的動態卡通一高一低，相映成趣。

　　漫步的，玩繩舞的，摩天輪下自拍的，偶爾還會有幾位釣魚的。這裡是可以讓你的步子慢下來一點點的地方，在香港是極其難得的。最近多了些演唱的，麥克風很響，有一點點吵，不似以往那般清淨。

　　走到近政總（金鐘政府總部的簡稱）的地方，地面的磚有些不同，細看，用了透明膠水填滿磚縫。凝膠在燈光下暗暗的，帶著一點點的反光，遠看像是一條條錯綜的疤痕，重重地刻在地面上。

再往前，鐵馬半斜著擋住一個小花園的入口，橙色帶子把花園連同廣場一起，和行人路隔離開來。塑膠帶子就這樣亂糟糟的圍了一圈，將原本一體的景觀硬生生割裂開來。人行小路連帶花園草坪，彷彿被任意一刀，變做兩半。

路口，交通燈被噴了黑漆，燈柱遭人打歪，彷彿奄奄一息似的倒向一邊；垃圾桶三兩個一組趴在地上，碎紙屑散落一地。

拆卸下來的鐵圍欄、坐凳、鐵馬、鐵通隨處可見；玻璃碎屑在燈光下星星點點，彷彿眼淚，在哭著訴說。

政總會議大廳仍然被白色木板圍得密不透風，那是 "黑衣人" 衝進立法會大肆破壞後留下的痕跡，仍待修復。

地鐵站出口，赫然貼著 "此門關閉" 的標示，鐵閘外側，縱火燒過的黑色痕跡清晰可見。

……

這些僅僅是城市留下的 "傷痕"，而我們的心呢？內心的 "傷痕" 又需要多少時間才能撫平？

後記

　　在本書成稿之際，祖國正經歷著一場沒有硝煙的戰爭：對抗新冠肺炎。這是對政府管治能力的考驗，也是對國民素質的測試。

　　2020年的這個春節，注定令我們終生難忘："武漢封城"的消息如同一聲驚雷，震醒了世界，也震醒了我們自己。最初的那些日子，頻頻傳來的總是悲傷的消息——前方物資短缺、人手匱乏、指揮不力、患者眾多、床位爆滿——病毒的無情和人類的渺小，著實給我們上了沉痛的一課。

　　本該熱鬧喜慶的街道，變得空空蕩蕩，偌大的城市彷彿瞬間按下了暫停鍵，"繼續停業"、"暫不開業"的告示隨處可見，徒增一份清冷。然而此時，城市的另一邊，卻是不眠不休的繁忙景象：傳染病醫院的工地、深切治療部的病房、物資傳送的高速公路。被需要的人們，都拋下了節日的心情，重新站回到自己的崗位：他們也許是指揮全局的關鍵人物，也許只是小區門前的保安大哥。

在最初的震驚之後，很快地，每個人都行動起來：四面八方的醫用物資、醫護人員、軍方援助、後勤保障，開始湧入武漢，湧入湖北。身邊的港人朋友，也在用各自的方式，關注弱勢社群——所謂"多難興邦"就是這個意思吧，在家國患難的時刻，國人的心反而最是團結、最感溫暖。

然而，此刻卻還是有嘈雜的聲音在耳畔，比如關鍵時刻罔顧病人上街罷工的醫護，比如繼續遊街阻撓隔離營安置的"黑衣人"，比如趁機囤貨炒高口罩價格的藥房老闆，比如搖旗吶喊著封關，卻對最為重要的公眾場所人流管制、聚眾傳播等隻字不提的個別無良知的所謂"專業人士"，比如本地包機不允許內地同胞登機的荒謬言論——當然，這些只不過是人道主義光輝下的小小暗面，必將被光芒隱去不見。

"風雨同舟，和衷共濟"——在人道主義面前，沒有商榷的餘地！

縱觀人類歷史，甚至香港城市的近代史，都是一部和疫病抗爭的生存史。不斷產生的新型病毒，曾經一度使整個地區的人口數幾乎歸零。雖然現代醫療技術已經大為進步，有效的信息共享也讓任何疾病可以第一時間得到全世界的關注和協力，但每一次新病毒來襲時的最開始，總還是伴隨著無助、恐慌、懼怕、不知所措 —— 這個時刻，人作為個體，是脆弱而微小的。

然而，人類，作為命運共同體，則顯得更具力量：飛抵疫區的各國專家、空降社區的全球物資、來自各地的祝福祈願 —— 攜手而行總比孤軍奮戰來得更有希望。那些嚷著要分離、要割裂、要封閉的港人，不僅是對自己的歷史缺乏了解，更是和如今的世界趨勢背道而馳。

願這些港人，可以重新拾起失落的勇氣，能夠直面危機的社會，站回自己應屬的崗位，做到自己應盡的職責。唯有這樣，城市才有機會渡過難關，而城市中的每一個你、我、他，也才有繼續前行的希望！

自開埠以來，香港就是一座由移民建設起來的城市，它發展的每一步，都印刻著外來的足跡：資金、人才、技術、觀念。是此等海納百川的氣度，成就了香港繁榮的過往；那麼今後，唯有繼續秉持這份胸懷，方見得到城市更加美好的未來。

與諸位共勉。

2020，春節